思い出のとき修理します2

明日を動かす歯車

谷　瑞恵

contents

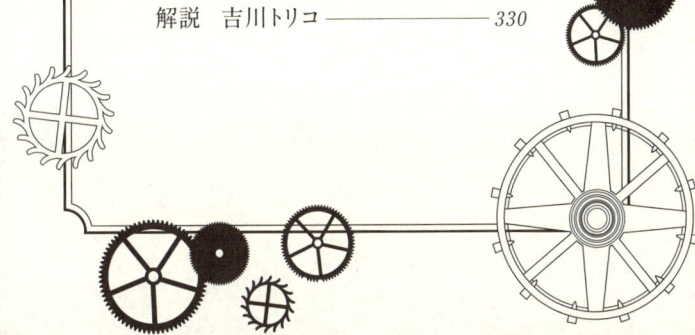

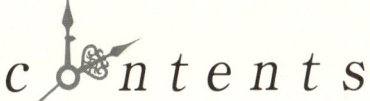

思い出のとき修理します 2

明日を動かす歯車

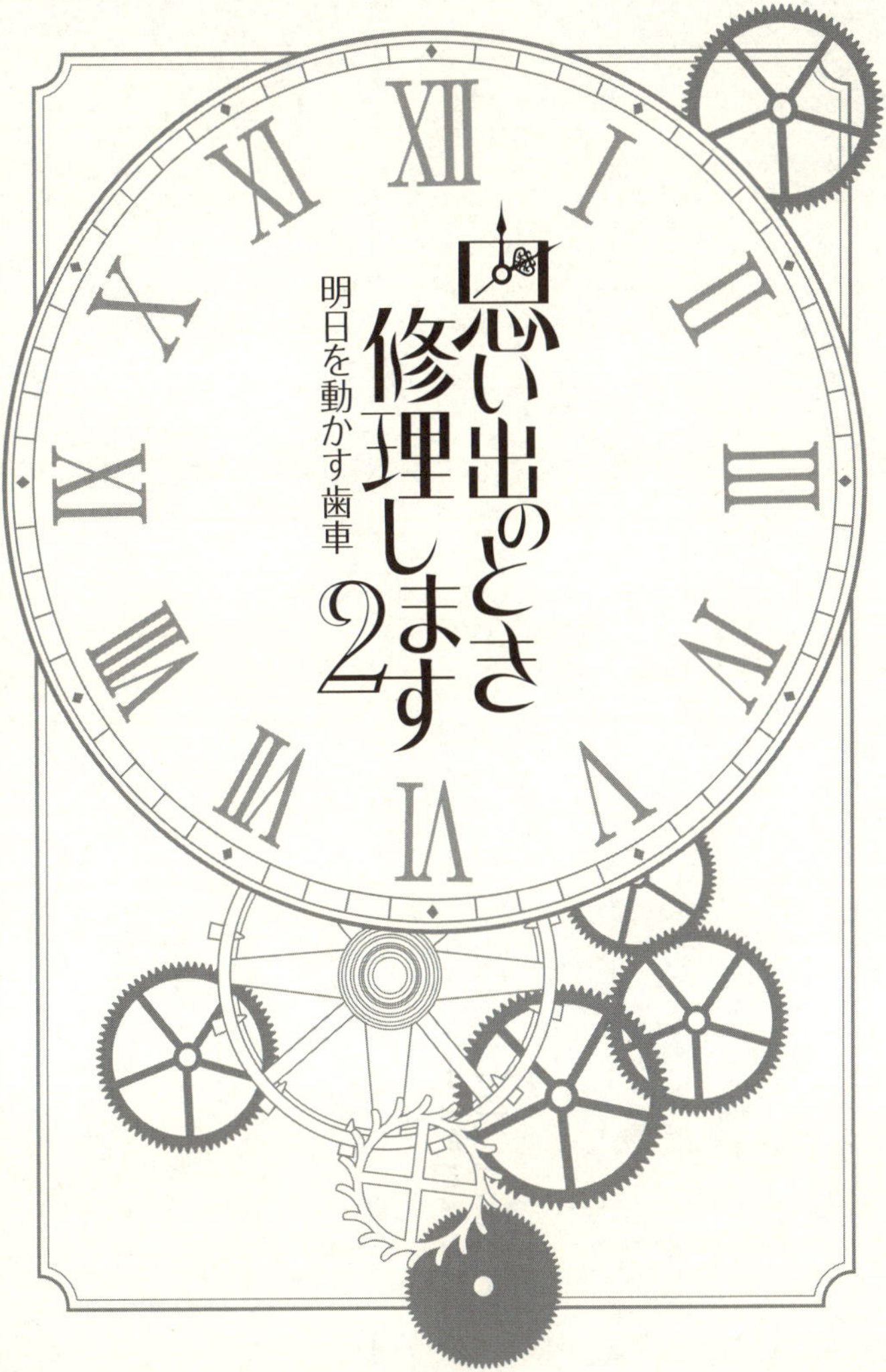

本文デザイン／山本かをる
（テラエンジン）

きみのために鐘は鳴る

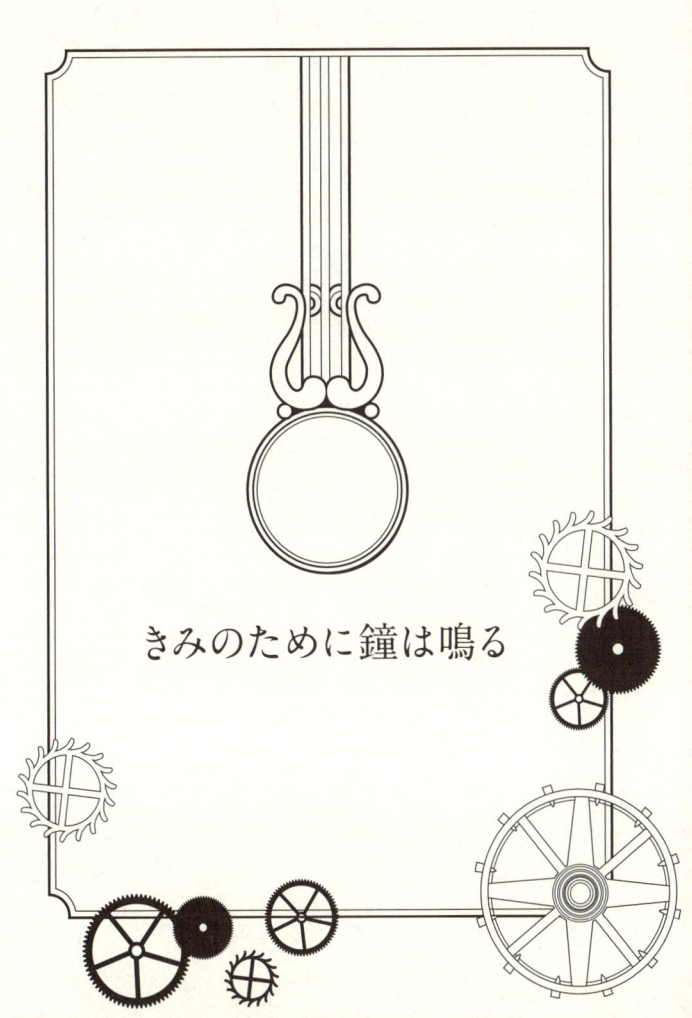

1

出窓ふうのショーウィンドウには、ブロンズのプレートが置いてあった。ノートくらいの大きさで、フレームスタンドに立てかけられ、道を歩く人にそのぴかぴかした表面を見せるように置かれている。しかし、プレートの前で足を止める人はまれだろう。というのも、古い洋風の建物自体が店舗には見えず、ショーウィンドウも民家の窓かと顔を向けることをためらってしまう。たとえちらりと眺めたとしても、ウィンドウの中央にぽつんと飾られた時計付きの彫像しか目に入らないのではないか。片隅のプレートはあまりにも目立たない。

香奈《かな》がそれに目を留めたのは、たまたま夕陽《ゆうひ》を反射して、黄色く光っていたからだった。

何だろうと思い近づいてみたところ、銀色の文字が並んでいた。

〝おもいでの時　修理します〟

いったいどういうお店なのだろう。いや、お店なのかどうかもあやしい。この辺りは商店街だと聞いているから、――といってもシャッター街だが――ここも店舗なのかもしれないと思っただけだ。

たとえ店舗だったとしても、思い出を修理するなどふざけている。通行人をからかっているのだろうか。

どこから飛んできたのか、桜の花びらがショーウィンドウのガラスに張り付いた。あたりに桜の木は見あたらない。『津雲《つくも》神社通り商店街』と書かれた虹色のアーチを支えるポールに、造花の桜がゆれているだけだ。古びた商店街は、シャッターが閉まった店ばかりなのに、造花だけはやけに新しくて、それもちぐはぐで落ち着かない。

「バカじゃないの」

香奈は、急にからかわれているような気分になって、ウィンドウのガラスを爪ではじいた。

「おい、何すんだよ」

びっくりして振り返ると、作務衣《さむえ》を着た若い男がこちらをにらむようにして立っていた。高校を出たばかりの香奈とそう変わらないだろう年齢に見えたが、明らかに関わり合いたくないタイプだ。

作務衣には似合わない、脱色した髪に複数のピアス。いかにもちゃらちゃらした格好で、いくつもぶら下げた銀色のネックレスがちょっと動くたびに音を立てる。

香奈は思わず後ずさっていた。

「な、何もしてません」

「ガラスが割れたらどうしてくれる」

「そんなに力入れてない……です」

こういう人って、ナイフなんか持ってたりするのかもしれない。そういう思い込みがあったから怖かったが、怖がっていると思われるのはしゃくだった。

「ガラスに八つ当たりすることないだろ。何が気に入らないのか知らないけどな」

「だって、おかしいじゃないですか。思い出を修理するなんて」

すると彼は、香奈のことをかわいそうに思ったかのように、急に口調を和らげた。

「ふうん、大事にしたい思い出もないのか」

思い出なんて、何の役にも立たないじゃない。小さな泡のようにそんな言葉が浮かんだけれど、振り払おうと香奈は頭を振った。

「店に用だったんじゃないのか？」

さっさと行こうとするが、彼は呼び止めて問う。

「あなた、ここの人？」

「違う」

違うのに、どうしてこんなに偉そうなのだろう。

「今日は定休日だけど、急ぎなら相談には乗ってくれると思うぞ」

思い出の修理の？

「前を通りかかっただけ。用はないです」

『じゃ、何でこの辺をうろうろしてる。さっきから何度も通りを行き来してるじゃないか」

見られていた、と思うと、男への警戒心が増した。

「し、知り合いの家を探してるんですっ」

香奈が握っていたメモを、彼はさっと取り上げて勝手に開く。教えてくれなんて頼んでもいないのに、親切を装って変なところへ連れていかれたらどうしよう。

「なんだ、この住所、〝ヘアーサロン由井《ゆい》〟じゃないか。その建物だよ」

香奈の心配をよそに、彼は近くの建物を指差した。洋館から通りを挟んだ斜め向かいにある、二階建ての民家だった。一階の壁は煉瓦《れんが》ふうの模様になっていて、蔦《つた》が茂っている。よく見れば、理容店を示す赤白青の三色ポールがある。

「店はやってないぞ。たぶん今は留守だし、夜まで帰ってこないと思う」

住人のことまで把握しているのか。近所の人だからか、それとも他人のことを調べる趣味でもあるのだろうか。香奈は怪しむが、男は気にしたふうもない。

「時間をつぶすなら、十分ほど歩いた国道沿いに〝ライム〟って喫茶店がある。そこならコーヒー一杯でねばっても平気だ。商店街はほとんどの店が閉まってるし、飲食系で営業してるのは、うどん屋とカラオケスナックしかない」

早口に言うと、彼はメモを香奈に突きつけるように返し、さっときびすを返した。

意外と親切？だったのだろうか。作務衣に褐色の髪の男は、すぐに路地へ入っていって見えなくなった。

＊　＊　＊

トノー型、というのだそうだ。その腕時計の、円形でも長方形でもなく、樽《たる》に似て左右にふくらみのある曲線は、クラシカルで上品だった。もっとも明里《あかり》は、そういう用語は最近知ったばかりだ。時計店の店主、飯田秀司《いいだしゆうじ》とつきあい始めて一月《ひとつき》あまり、こういうきっかけでもなければ一生知らなかっただろう時計のことを、多少はおぼえたところなのだ。

それは黒い革張りの箱に収まって、時計店の住居部分にあるリビングのテーブルで、鈍い銀色に輝いている。おそらく年代物なのだろう、古い洋風の建物にあっても違和感なく、居心地よさそうに見えた。

「これ、秀ちゃんの？」

明里が問うと、コーヒーカップをテーブルに置きながら彼は革張りの箱に目をやった。

「いや、お客さんのだよ。金庫にしまってあったから、今取り出してきたところ」

明里は、その時計に間違ってもコーヒーの滴《しずく》を飛ばしてはいけないと思い、カップを手前に引き寄せた。

秀司は時計師だ。時計を作ったり直したりする職人だ。祖父のものだったというこの洋館には、店舗にも住居部分にも、古い機械式時計がたくさん置いてある。そうしてどれもこれも、正確に時を刻んでいる。

生き物を飼うように、毎日秀司がゼンマイを巻き、必要な手入れを欠かさず事細かに世話をしているのを明里は知っている。

「これから修理するの？」

「とりあえず状態を確かめたところなんだ。定期的に手入れはしてたけど、最終的なチェックをしておこうと思って」

そこへ仕事帰りの明里が訪ねて来たので、テーブルに置いたままコーヒーを淹《い》れた、ということなのだろう。

秀司の淹れるコーヒーはおいしい。この洋館の、古いけれどきちんと手入れされた佇《たたず》まいも、彼のおっとりとした口調も笑みも、明里を心地よくさせてくれる。恋をすると、苦しかったりつらかったりすることも少なくないと、人並みには知っているつもりだったが、彼とつきあい始めてからは、不思議と穏やかな気持ちでいられるのだ。

いつまでも変わらずに、こんな時間が続いていくのだと思えるからだろうか。この洋館で、古い時計がいつまでも時を刻んでいるように。

「ふうん、それにしても、高価な時計っぽいけど」

明里には、時計の値段はよくわからない。秀司のところには聞き慣れないメーカーの時計がたくさんあるし、革の箱に入ったその時計も、ロレックスやオメガみたいに明里でも知るメーカーのものではなさそうだった。それでも、ケースのフォルムや文字盤のデザイン、針の形まで繊細で、息を詰めるように隅々まで気を配って作られたのはわかる。

「うん、たぶん高いと思う。新品なら一千万は超えるくらい？」

あっさりと、彼はそう言った。明里はコーヒーカップを落としそうになり、あわててソーサーに戻した。

いっせんまん？　聞き返すのもはばかられるくらい、秀司は当然のような顔をしている。そんなものをぽんとテーブルの上に置いていていいのだろうか。せめて箱に蓋をするべきでは。などと落ち着かなくなるが、彼は気にせずにコーヒーをかき混ぜている。

たぶん、彼にとって腕時計は、数千円だろうと数千万円だろうと、使うものなのだ。身につけて、日常的に使うもの。だから愛情を持って扱うけれど、過保護にはしない。

「そんな高い時計も修理するの？」

「頼まれればするけど、これは僕が修理したわけじゃないんだ。作業台帳には祖父が修理した記録があったけど、もう長いこと、誰も引き取りに来てなくて、僕が店を開くまで金庫にしまったままになってた」

高価な時計だから、特別に金庫に入れてあったのだろうか。それにしても、修理に出したまま取りに来ないなんて、よほどのお金持ちなのか。いや、そんなことより。

「えっ、お祖父さんがお店をやってたときに預かったってこと？　それから誰も取りに来てないの？」

秀司が、高齢化とシャッター街化が進んだこの〝津雲神社通り商店街〟で、祖父が亡くなって以来閉店していた飯田時計店を再開したのは五年ほど前だ。ひとりで店を切り盛りしているが、今ではすっかり寂れてしまった商店街で時計を売るのは困難らしく、修理だけを専門にしている。明里にはよくわからないが、時計師としての技術は高いようだ。

ともかく、秀司の祖父が店をやっていた頃からここにあるなんて、もう修理のために預かっているというレベルの話ではない。

「受取人に連絡がつかなかったりで、預かったままになってる時計は他にもないわけじゃないけど、これほどのいい時計はめずらしいね。だから祖父も、遺失物にせずにいつか誰かが引き取りに来るはずだと保管してたんじゃないかな」

「もしかして、今ごろ持ち主が現れたの？」

でなければ、わざわざ古い台帳を引っ張り出し、時計をチェックしたりしないだろう。

「このあいだ電話があって。たぶん、時計の持ち主の娘さんだと思うんだけど、形見分けに時計の預かり証をもらったっていうんだ」

とすると、これまで引き取りに来なかった持ち主は亡くなったのだ。

形見分けしてもらった娘は、飯田時計店が閉店されたままだったら、あるいはすでに処分されていたらどうするつもりだったのだろう。

「じゃあ、やっと受け取りに来るんだ。その人はどんな時計か知ってるの？」

「知らないんじゃないかな」

「男性用の腕時計、よね。娘さん、使ってくれるのかな」

「それなんだよね。使われなかったら悲しいからなあ。せっかく技術の粋をきわめて作られたのに。この複雑機構にどれだけの労力が詰まってると思う？」

普段はふんわりした人なのに、時計のこととなると力がこもる。彼は、時計は人とともに時を刻むべきだと思っている。

「複雑……な時計なの？」

「そうだよ。ミニッツリピーターのついた時計だからね」

「ミニッ……？」

「アラームみたいに、音で時間を報《しら》せてくれる仕組みだよ」

アラームなら安物の目覚まし時計にもついてるのに、何が複雑なのだろうと、明里は首を傾《かし》げるしかない。

「今が何時何分か、知りたいときに操作すれば、音色の違う鐘の音を発して、その回数で教えてくれる」

「えー、三時三五分とかだと？　三時は、柱時計みたいに三回鳴るんでしょう？　じゃあ、分を報せるのには三十五回鳴るの？」

数えるのが大変だと明里は思う。

「それはね、一五分刻みの音が二回と、五分刻みの音が一回。音色の違う音と回数で時間を知ることができるんだ」

混乱しそうだ。そんな面倒な機能が必要なのだろうか。

「時計を見た方が早くない？」

「まあね。でも、小型の携帯用時計が作られはじめた頃は、夜になると真っ暗だったんだよ。文字盤なんて見えないくらいにね」

百年、それとも二百年前のことを、明里は想像する。日が暮れた道を照らすのは月明かりだけ。どこか遠くから、高い塔にある大時計から、あるいは教会の鐘楼から、鐘の音が聞こえてくる。それだけが昔から、人々に時刻を知らせてくれるものだった。暗闇でも、どこにいても響く音が、夜が更けていくことを、朝が近いことを知る拠《よ》り所《どころ》だった。

裕福な紳士が自分の手にすっぽりとおさまる懐中時計を持つことができるようになっても、夜の闇の中では、やはり鐘の音こそが時間だった。

だから、時計を所有したいと願う人は、公共の大時計と同じ、時刻を教えてくれる鐘の音も手に入れようとしたのだろうか。夜の暗がりでも、何時何分という正確な時間を知るために。

小さな腕時計が発する鐘の音は、想像するよりずっと、透き通った音色だった。金属が奏でる繊細な、それでいてよく響くやさしい音。秀司が時計を操作して聞かせてくれたのは、夜の暗闇から、遠い過去から耳に届く、懐かしいような音色だった。

「わあ、いい音ね。大きな塔で鐘が鳴る仕組みをこんな小さな腕時計の中に収めるなんて、昔の人はすごいことを思いつくね」

「うん、今はあんまり必要ない仕組みかもしれないけど、欲しいと思う人がいるのはとてもよくわかるんだ」

秀司と時計の話をしていると、明里は、この小さな機械が奇跡の結晶に思えてくる。人よりもずっと長生きで、様々なことを見聞きしてきた老賢者のように、英知が詰まっている。今では必要なさそうな複雑な仕組みも、けっして単なる飾りではない。闇夜でも目が見える野生動物みたいに神秘的だ。

時計師は、それを手作業で作ってきたのだ。奇跡というしかない。

「そういえば明里ちゃん、そろそろ新しい美容室には慣れた？」

唐突に彼は言うが、こんな時に明里の近況に話が移っていいものだろうか。一千万円の時計を前にして。と思うほど、明里はその時計の魅力に引き込まれていた。

「いい店よ。スタッフみんな明るくて。そんなに大きな店じゃないけど、オーナーはすごく腕のいい人なの」

頭の中を切り替えて答える。

「そう。よかった」

今月から、明里は隣の市の美容室で働きはじめたところだ。一度は美容師の仕事を辞めて、子供の頃に過ごしたことのあるヘアーサロン由井が空き家になっていると知り、この街へ引っ越してきたのだが、結局自分には他の仕事はできないと気がついた。

もういちど美容師として働こうと決意した今は、技術を磨いてお金を貯《た》めて、いつかは自分の店を持ちたいと思っている。

「今度その店へ行こうかな。指名できる？」

「えっ、できる、けど」

人前で彼の髪に手を触れるのかと想像すると、何だか急にドキドキしてきた。

「けど、だめ？」

「そういうときって、どんな顔すればいいんだろ……と思って」

「友達がカットしに来たことは？」

あるけれど、秀司は〝友達〟ではない。明里の戸惑いを、彼は不思議そうな顔で眺める。

「そうだ、初対面のふりをするのはどう？　知り合いに勧められたって、きみを指名するとかさ」

「よけいに緊張しそう」

面白がっているのか、秀司はくすくす笑っていた。

「わたしでいいなら、いつでもカットするよ。お客さんじゃなくて、秀ちゃんはわたしの……ヘアーサロン由井の、特別なお得意さまだから、いつでも無料だよ？」

わたしの特別な人、と言い切ってしまうのは照れがあったから、つい婉曲《えんきょく》な言い回しになってしまった。

〝ヘアーサロン由井〟という名を持つ店はもちろん閉店して久しいが、店舗や設備は残っているし、明里は美容師の資格も道具も持っている。そこではじめて彼の髪を切ったことは、自分たちの気持ちが重なるきっかけだった。明里にとって、本当に特別なことなのだ。

「そっか、特別っていいな」

素直に言えない自分のかわいげのなさは自覚しているが、それでも秀司は察してくれただろう。

目が合うと、彼はゆっくり瞬《まばた》きをする。会話が途切れたそんな時間がやけに長く感じられると、とても特別な感じがする。秀司が微笑《ほほえ》むから、明里も微笑む。

あまい空気が流れている。そう思ったのに、そんな空気をかき回すように、突然チャイムの音が響いた。

飯田時計店の、店舗入り口兼玄関の方から、うるさい声が聞こえてくる。

「おーい、シュウ、いるんだろ？　開けてくれ！」

その声は太一《たいち》だ。仕方がないなという顔で、秀司は立ち上がった。玄関先でドアの開く音がしたかと思うと、リビングへ駆け込んできた太一は、大きな掃き出し窓へ直行してカーテンをぴったり閉めると、やっと安堵《あんど》したように深呼吸した。

「どうしたの？　太一くん」

ようやく彼は、明里に気づいてこちらを見た。

「なんだ、明里さんもいたんだ」

言いながらも、落ち着きなくリビングをうろうろし、ソファの片隅にひざをかかえてうずくまる。いつになく深刻な顔をしているように見える。

「悪いけど、しばらく俺はここにいるからな。じゃまなら二人で二階へ行ってくれ。覗《のぞ》かないから。今は余裕ないから」

とすると、普段なら覗く気満々なのかと明里はあきれる。べつに、太一がいるのに秀司と二人きりになろうとは思わないが。

「いたずらでもして追われてるの？」

脱色した髪を逆立てて、ボルトや壊れた鍵といったガラクタをぶら下げた銀色のネックレスをじゃらつかせている太一は、一見やんちゃな若者といった風貌だ。悪さをして見つかった、というのがいちばんありそうだ。

「するかっ！　雷が鳴ってるんだよ！」

「えっ、怖いの？　おへそを取られるとか思ってる？」

「バカにするな！」

しかし彼は、おへそを隠すようにしっかりひざを抱え込んでいる。

「何も聞こえないよ」

リビングへ戻ってきた秀司が言った。明里も、べつだん雷鳴のようなものは聞いていない。

「遠くで稲光が見えた。きっとこっちへ向かってくる」

音も聞こえないくらい遠いのに、そんなにおびえなくてもいいのではないか。しかし太一は、冗談ではなく雷が怖いようだ。

「ツクモさん、雷の奴《やつ》にはあまいんだよ。悪さしても許してるからつけあがるんだ」

とにかく彼は、ちょっとばかり変わっている。ツクモさんと彼が呼ぶのは、商店街の名前にもある〝津雲神社〟のことだ。そこと縁のある家の息子らしく、今は使われていない社務所に住んでいる大学生だが、普段はぶらぶらと遊び歩いているようにしか見えない。服装はいつもなぜか作務衣だ。

そうしてときどき、こんなふうに不思議なことを言う。

「怖いなら社務所にこもってればいいのに、どうして秀ちゃんのところへ来るの?」

「神社の敷地にいたら危険だろ。近くへ来るなら、奴はツクモさんに挨拶しようとする」

奴とは雷のことか。挨拶なんて、律儀な性格の雷だ。

「まさかあ」

「でも、雨が降るかも。明里ちゃん、洗濯物は出してない?　太一のこの手の予想は当たるから」

しかし、明里よりずっと太一とのつきあいが長い秀司はそう言うのだ。

「うん、それは大丈夫だけど、太一くん、天気がわかるの？」

なんでみんなはわからないんだよ。と、むしろ彼はそれが不思議らしくぼやいた。そうして、思い出したように付け足す。

「そういやあの子、どうしたかな。傘持ってないかもしれないし、ライムももうすぐ閉店時間だしな」

「あの子って？」

「ヘアーサロン由井を探してた。明里さんに用があったみたいだけど、夜まで帰ってこないから時間をつぶすならライムがいいって勧めておいたんだ」

「わたしのところに？　誰だろ。どんな人？」

「高校生くらい？　いや大学生かな？　今どき髪を三つ編みにしてるような地味な女」

ひとりだけ、明里にはそういう女の子が思い浮かんだ。でも、彼女が来る理由がわからない。

「まさか、香奈が？　わたし……、ライムへ行ってみる」

「傘を持っていった方がいいよ。僕も一緒に行こうか？」

明里が立ち上がると、秀司がそう言った。

「ううん、大丈夫。秀ちゃんはまだ仕事があるでしょ？　それに、たぶん妹だから」

「そう。じゃあ気をつけて」

頷《うなず》き、急いでショルダーバッグを手にする明里に、太一がぽつりとつぶやいた。

「妹なんだ。似てないな」

明里の家庭は複雑だ。とはいえけっして深刻ではないし、両親がバツイチどうしの再婚なんて今ならよくあることだろう。それでも太一の言葉は、明里自身が意識しないようにしている、妹が訪ねてきたことへの戸惑いを浮かび上がらせた。

2

どうして姉は、こんな寂れた商店街に引っ越してきたのだろう。香奈は、都会で華やかに生活しているらしい姉がうらやましかった。自分もいずれ家を出て、都会で働きたいとあこがれた。けれどここは、実家のある町とそう変わらないように見える。姉は、香奈を含めた家族と自分とは違うのだと主張するために、都会へ出たのではなかったのだろうか。

このライムという喫茶店も、どこにでもありそうな店構えにメニューだった。オムライスの匂いが立ちこめると空腹を感じたが、香奈は、商店街で会った作務衣の男が言っていたように、コーヒー一杯でもう数時間ねばっていた。

隣の席には女性がひとりで座っている。彼女も時間をつぶしているのか、ずっとその席から立ち上がろうとしない。

ただ、香奈とは違い、その人は何度かコーヒーをお代わりした。若くはない、四十代も半ばくらいかもしれないが、着物のよく似合う美人だ。細い眉に緊張感が漂っていて、ちょっと近寄りがたい感じがする。山桜の描かれた帯が奇麗だと、じっと眺めていると、急に彼女が顔を上げてこちらを見たものだから、香奈はあわてて目をそらさなければならなかった。

「わたしたちだけになっちゃいましたね」

香奈の方に顔を向けて、彼女はそう言った。店内を見回すと、支払いを済ませて出ていこうとしている客が一組いたが、座席の方にはもう誰もいなかった。午後八時をまわった頃から急に人が少なくなったと感じていた。閉店時間が近いのだろう。

「……そうみたいですね」

じろじろ見ていたことをとがめられないかと気にしながら、香奈はもういちど着物の女性をちらりと見た。

「待ち合わせですか？」

微笑みを浮かべて話しかけてくる女性は、見かけほど取り澄ました感じではなさそうだ。

「ええと、姉のところへ来たんですけど、まだ帰ってなくて」

喫茶店にいるという走り書きを玄関のドアにはさんできたから、気づけば見に来てくれるだろう。携帯の番号くらい、母に聞いてくれればよかったとも思うが、友達の家へ泊まることにしてあったので聞けなかったのだ。引っ越したという姉の新しい住所は、キッチンに貼ってあったメモを盗み見た。

「そう、お姉さんのところへはよく?」

「……はい、まあ」

はじめて来たとは言えなかった。なんとなく、姉妹は仲がいいものだというのが世間の考えで、この女性もそう思っているのではないかと感じたからだ。しかし彼女は、思いがけない言葉を口にした。

「わたしにも、姉がいるんですよ。でも、会ったこともなくて」

それから彼女はふと窓の外に視線を向けた。

「いやだ、雨だわ」

外は暗いが、窓ガラスに水滴がぽつぽつと増えていくのが香奈にも見えた。

「わ、ホントだ。傘持ってないのに」

「そのうち止むんじゃないかしら。でも、もうしばらく、ここで足止めされることになりそうですね。そろそろ帰ろうかと思ってたのだけど」

香奈も、いっそヘアーサロン由井へ戻って、家の前で待とうかと考えていたが、雨となると外へ出るのは気が引けた。

「どうして、お姉さんなのに会ったことがないんですか？」

隣の席の女性と、話を続けるかのような質問を投げかけたのは、たぶん退屈しのぎだった。それとも、姉の話を聞きたかったのだろうか。香奈も姉の明里とは、姉妹だという実感がない。姉と会ったことがないという妹は、姉の存在をどんなふうに感じているのだろうか。少しだけ気になった。

「わたしたち、異母姉妹なんです。わたしの母は、父とは結婚できない立場で、そんなだから父のもうひとつの家族とわたしはまるで縁がなくて、姉がいるということだけは聞いていたんですけど、年齢も十五歳も上だったのでとくに接点もなくて」

なんだか深刻そうな事情だ。気軽に訊《き》いてしまったことを後悔したが、彼女は話したがっていたのかもしれない。つい口をつぐんでしまった香奈にやわらかく微笑み、また言葉を続けた。

「どんな人だったのか、想像しようとしても何も浮かばないんです。なのに今さら、姉の形見だと言われても、わたしが受け取るのは違うような気がしてしまって。思い出のひとつもない、思い浮かべられない人のものをもらっても、故人をしのぶことはできないでしょう？」

「お姉さん、亡くなったんですか？」

頷き、彼女は木綿のバッグから紙切れを一枚取り出した。

「これがその、形見なんです。姉が亡くなったという報せとともに、この紙切れだけ送られてきたんですけど」

妙な形見だと思ったら、時計の修理を依頼した預かり証のようだった。つまり、時計が形見だということだろう。遠藤《えんどう》みどり。預かり証に書かれたそれが、お姉さんの名前だろうか。しかしよく見れば、日付は十年も前だった。

「これ、十年も預けっぱなしだったんですか？」

「あら」

はじめて気づいたのか、彼女は預かり証に見入った。

「本当。姉が亡くなったのは先月なのに、どういうことなのかしら」

「こんなに時間が経《た》ってて、まだお店は時計を保管してるんでしょうか」

「ええ、それは問い合わせてみたらちゃんと保管してあるということでした。この近くにある商店街の時計屋さんなんです。でも、受け取るべきかどうか迷ってて、今もまだ、決められないんですよ。お店になければそれでいいと思ったんですけど、まだ残ってたからますます悩んでしまって」

それで彼女は、ずっと喫茶ライムで悩み続けているようだった。

「商店街って、〝津雲神社通り商店街〟ってところですよね。時計屋さんなんてあったんだ。ほとんどのお店が閉まってるみたいでしたけど」

「最初はわたしも、店を見つけられなくて。看板が目立たないし、入り口も民家みたいな洋館で、ショーウィンドウに美術品みたいな置き時計がひとつだけ。どちらかというと骨董屋《こっとうや》さんみたいでした。そういえば、ウィンドウには妙なプレートが置いてありましたしね」

その店は、香奈にも見覚えがあった。姉の家の斜め向かいにあったところだ。あそこは時計屋だったのか。

「それ、〝おもいでの時　修理します〟っていうプレートですよね？　変わった時計屋さん」

「ええ、あなたも気になりました？」

「ふざけてますよね。そこ、姉の家の近くだったんです。商店街っていっても人はいないし、あんなので客寄せのつもりなんでしょうか」

あのプレートの話になると、どうしても香奈は、作務衣の男を思いだしてしまって苛《いら》立《だ》つ。大事にしたい思い出もないのか、なんてわかったようなことを言う失礼な男だった。

思い出なんて単なる過去の記憶だ。過去に起こった出来事は変えられるものではない。

そもそも、修理したいと思うくらいならいい思い出ではないはずだし、そんなものを大事にして何になるだろう。

「……本当に、思い出を修理してくれるのかしら」

けれど彼女のつぶやきは、あのプレートに希望を感じているかのようだ。

「もし、それが可能なら、お姉さんとの思い出がほしいと思います？」

少し考え、彼女はそれから小さく頭を振った。

「どんなにささやかなものだろうと、思い出がなければ修理もできませんよね。わたしと姉には、本当に何もないんですよ」

その通りだ。もともと何もないなら、修理のしようもない。なぜだかそのことに、香奈は小さなショックを受ける。

「雨、まだやみそうにないですね。でも……、もう帰らないと」

それから彼女は、唐突なことを言った。

「もしよかったら、これ、もらってくれませんか？」

時計の預かり証を差し出すのだ。

「やっぱりわたしにはいらないものだし、売っても処分してもらっても構いません」

「えっ、でも……」

「わたしが捨てればいいのだけど、そこはやっぱり身内だから引っかかるというか……。

姉妹の、あなたも妹の方だから、わたしの代わりに好きなようにしてください。なんの縁もなかったわたしと姉の代わりに」

困惑する香奈に紙切れを押しつけ、彼女は急ぎ足でライムを出ていってしまった。どうしていいかわからず、香奈は席から動けないままに彼女を目で追おうと窓の外に顔を向ける。

雨は変わらず降り続けているのに、逃げるように行ってしまった。彼女の姿はもう見つけられなかった。

雨の中、突然光が瞬いたかと思うと雷鳴がとどろく。

傘を持っていないのに、こんな時に出ていって大丈夫だろうか。少々心配だが、同時に香奈は、残された腕時計の預かり証に困り果てていた。時計なんてべつに欲しくもないし、かといって捨てるのは気が引ける。

考え込んだとき、喫茶店のドアベルがまた音を立てた。さっきの女性が、ひどい雷雨に耐えかねて戻ってきたのかもしれない。そう期待して戸口を確認しようと立ち上がる。

しかし、アイビーのまとわりついた衝立《ついたて》の向こうで、立ち上がった香奈に目を留めたのはさっきの女性ではなかった。

「香奈！　よかった、まだいたのね」

そう言って、姉の明里が駆け寄ってきた。

＊

「家出、じゃないよね」

雨の中、香奈を連れて家まで帰ってきた明里は、ポットでお湯を沸かしながら問う。雷鳴はまだ聞こえていたが、どきりとするほど近くはなかった。

「まさかあ」

八畳間の方から台所を覗き込んで、香奈は手持ちぶさたに柱の傷をなぞった。

「春休みでしょ。でもべつに予定もないし、ひまだし。泊めてよ」

「いいけど、わたしはずっと仕事だよ。サービス業は日曜祝日も営業なんだから」

「放っておいてくれていいよ。好きなようにしてるから」

とはいえ、この辺りには遊ぶような場所もない。しかしもう、香奈もこの春から大学生だ。子供扱いしなくてもいいのかもしれない。

お茶を淹れた湯飲みをテーブルに置くと、香奈は遠慮がちに腰をおろした。物珍しそうに周囲を見回しながら、缶入りのクッキーに手をのばす。

「古い家。おばあちゃんちみたい」

香奈の言うおばあちゃんは、父方の祖母だ。母は明里を連れて、現在の父と再婚した。香奈が生まれたのはその後だから、母の連れ子である明里にとっては、香奈が親しみを感じているおばあちゃんはちょっと距離のある関係だ。

とにかく香奈は、父親の違う妹で、十も歳《とし》が離れているせいか、一緒に遊びながら成長するという間柄ではなかった。そして香奈が小学校へ入学し、そろそろ物心もつくという頃に明里は実家を離れ、会うことも少なくなった。

だからこんなふうに、突然香奈が訪ねてくるとは思いもしなかった。

先日、明里が実家へ顔を出したときも、香奈は入試が終わって開放されたとばかりに卒業旅行に出かけていて、顔を合わせなかった。なのにいったい、どういう風の吹き回しだろう。ひまだから、なんて理由で、接点の少ない姉のところへ来るものだろうか。

「大学、もうすぐ入学式でしょ。第一志望は残念だったけど、合格したところもなかなかいい大学じゃない」

すると香奈はちょっとばかり眉をひそめた。彼女が行きたがっていた東京の大学はだめだった、という情報は知らないふりをしておくべきだったかもしれない。もしかしたら、そのことで悩んでここへ来たかもしれないのに。

なんて考えたが、そんなはずないかとすぐに自分の中で否定する。大学へは行っていない明里に、進学の悩みを相談するわけがない。

「それ、誰に訊いたの？」

「……叔母《おば》ちゃん」

「やっぱり。おしゃべりなんだから」

あきれた様子の香奈だが、さほど機嫌を悪くしたふうでもなかった。あの叔母だから仕方がないと思っているのか。いずれにしろ、第一志望のことはそれほど痛みを感じているわけではなさそうだった。

「そうだ、お腹空《なか》いてるんじゃない？　何か食べる？」

問うと、もう入試のことは忘れたらしく身を乗り出す。

「うん、食べる。何があるの？」

「ポトフ」

「お姉ちゃんが作ったの？」

「えーと、半分くらいは」

香奈は首を傾げたが、深く追求はしなかった。昨日、秀司が来て作った晩ご飯の残りだ。彼が器用なのは時計に関してだけではない。

「すぐ温めるね」

こういうものはたくさん作った方がおいしい、というわけでたくさんある。冷凍しておけば保存が利くし、疲れて帰ってきたときには便利な一品だ。

準備をする間、香奈は黙っていた。けれどしばらくして、思いついたように口を開いた。

「お姉ちゃんは、高校出てすぐ一人暮らしはじめたよね」

「美容師の学校、ちょっと遠かったからね。でも家から通える方が何かと便利よ」

結局、家を離れる必要のない大学へ行くことになった香奈は、それがいやなのだろうか。しかし、明里の心配をよそに、「そうだね」とあっさり言う。

「わたし、お姉ちゃんみたいにやりたいこともないからな。地元が向いてるってことなのかも」

「お父さんは香奈に遠くへ行ってほしくないみたいじゃない？」

「うん、一人娘だし」

そう言ってから香奈は、しまったという顔になった。

「えと、ほら、お姉ちゃんはしっかりしてるけど、わたしは頼りないってパパは言うの。ちょっとばかり過保護？」

「たしかに、香奈が一人暮らしなんて危なっかしいもんね」

明里は笑い飛ばしたけれど、香奈は考え込んだようにうつむいた。

いったい、姉に何を求めて来たのだろう。とりとめのない会話からは何もつかめない。義理の父と明里との関係も、香奈が気にすることは何もないはずだ。これまでも問題なく過ごしてきた。いい人だし、父親だと思っている。でも、父にとって香奈と自分がまったく同じではないことはわかるし、それでいいのではないかと思う。

「お姉ちゃんは、どうしてここなの？　ここには何かあるの？」

　突然の、鋭い質問だった。明里はとっさに言葉を濁す。

「え、べつに……。ちょっと、環境を変えたかっただけよ」

　明里にとって思い出のある土地だからだ。でも、それは香奈とは関係ないことだ。明里がヘアーサロン由井に引っ越したと知った母には思うところがあったかもしれないが、結局何も言わなかった。母と父と香奈、三人とはまったく関係のない、明里の個人的な思いで、ここに住んでいる。だから話すことではないと思った明里だが、香奈は不服そうに見えた。

　それでもポトフが温まると、夢中になって食べはじめる。おいしかったかよほどお腹がすいていたか、とにかく食事に集中することにしたのだろう。明里もそうすることにした。

　一息ついてから、香奈はまた口を開いた。

「喫茶店でね、わたしたちと似たような人に会ったんだ。片親の違う姉妹で、歳もすごく離れてるんだって」

「姉妹で喫茶店に？」

「ううん、妹だけ」

　香奈と似た立場の人か。でもそれも、彼女がここへ来た理由とは関係がなさそうに明里には思えた。

「でね、その人はお姉さんに会ったことがないんだって。だから形見なんていらないって、これをもらってくれって押しつけていったの」

「形見？」

明里が見せられたのは、折り畳んだ紙切れだった。開くと、〝ご修理預かり証〟と書いてある。氏名のところは〝遠藤みどり〟。飯田時計店の名前が判子で押されていたが、明里はその日付けに見入っていた。

「これ、十年も前のじゃない」

「そうだよ。その人のお姉さんが預けっぱなしにしてたみたい。それで、お姉さんが亡くなったから、いちおう妹だってことで、形見としてもらったのかな。この時計屋さんに電話したら、お店にはまだ保管されてるらしいけど、受け取るのは迷ってたんだって」

そこには時計のメーカーと品番らしきものしか書かれていなかったが、秀司の祖父が預かった時計であり、問い合わせがあったというところも一致する。ということは、あの、鐘の音が鳴る時計の預かり証なのではないか。

「もらったって、香奈が？」

驚いて、明里は身を乗り出した。

「捨ててもいいって。自分じゃ捨てにくいからって言うの。この時計屋さん、すぐ近くでしょう？　お姉ちゃん、ご近所だから顔くらい知ってる？　そっちで処分してもらえるように頼んでくれないかな。わたしだって、亡くなった人の形見を捨てるのは気分悪いよ」

「捨てるなんてだめよ！　それにこれ……、こんなものもらうわけにいかない。香奈、その人はどこの誰なの？　返さなきゃ」

あわてふためく明里を見て、香奈は不思議そうに首を傾げた。

「そんなの知らないよ。喫茶店で会っただけだもん。あ、でもこれ、住所も電話番号も書いてある」

住所は市内だが、どの辺りか明里にはわからなかった。とにかく電話をしようとすると、香奈はますます不審げな顔をした。

「本人がいらないって言うんだから、無理に返さなくていいじゃん。十年以上も前の時計なんて、今さらデザインも古いだろうし」

そんな主張は聞き流して電話番号をプッシュするが、呼び出し音の代わりに、その番号は使われていないというアナウンスが聞こえてきただけだった。

「出ないの？」

「これ、遠藤みどりさんの住所よね？　とすると、当人は亡くなったとしても、家族ももうここには住んでないってことかな……」

いつまでここに住んでいたのかわからないが、時計を受け取りに来なかったのが遠くへ引っ越したためだとすると、最近引っ越したわけではないことになる。この住所から家族の行方《ゆくえ》を知るのは難しいかもしれない。

「妹さんは、どのみちお姉さんと会ったことがないんだよ」

それでも、残された家族が連絡できた状況にはあるのだ。考え込む明里に、香奈はつぶやく。

「時計、どうしていいかわからなかったあの人の気持ち、わかるような気がするな。ねえ、本当のところ、お姉ちゃんが一人暮らしをはじめて、めったに帰ってこないのは、わたしたちと家族だって思えないからじゃないの？」

唐突な言葉に、正直明里は戸惑わされた。

「何言ってんのよ」

家族の中で疎外感がなかったわけではない。でも、それなりの年齢になれば、親元を離れたいと思うのはごく普通の独立心だ。あまり帰れなかったのも、仕事や人付き合いに忙しかったからだ。

たぶん、明里より香奈は、家を居心地よく感じているし、寂しがり屋で一人暮らしには向かない性格だけに、明里がドライに見えるのだろう。家族を必要としていないかのように。

「わたしたち、似てないし。小さい頃の思い出がないと、姉妹って実感しにくいよね」

たしかに、普通の姉妹に比べれば、姉妹らしくないのかもしれない。だけど、明里は賛同できない。

「とにかく香奈、喫茶店でちょっとしゃべっただけで、他人の事情がわかるわけないでしょ。時計は返すべきよ」

無理やり時計の話に戻す。

「明日、飯田時計店で持ち主のこと調べてもらうから」

預かり証にある名前、遠藤みどりのことなら、その妹よりも飯田時計店が知っている可能性はある。高価な時計を預けたままにしておくくらいだ、信頼関係のある顧客だったはずだ。

「予備の布団、出しておくね。そこの居間で寝るといいよ」

そう言って、食卓から立ち上がる。さっさとお風呂に入ってしまおうと思った。

逃げるような態度になってしまうのは、香奈の気持ちもよくわかるからだ。父と母とその子供、そういう単純な家庭を複雑にしているのは明里の存在だ。歳も離れているうえ、半分しか血がつながっていない。姉がいるのかいないのか中途半端な状態で、いっそ一人っ子がよかったと香奈が思ったとしても不思議はないだろう。

大学生になるのを機に、彼女は自分の中で、一人っ子になろうとしているのかもしれない。その折り合いをつけるために、姉に会いに来たのだろうか。

3

飯田時計店の、まるいオークのテーブルが置かれたダイニングルームは、朝からやけににぎやかになった。明里が香奈を連れていったところ、太一も来ていたからだ。四人で朝食を食べることになって、香奈はわけがわからないという顔をしている。

「本当に、お姉ちゃんの彼氏、なんですか？」

「そうだよ」

秀司は、照れるでもなく答える。食卓には、今どきめずらしいくらいきちんとした朝食が並んでいる。みそ汁も出汁巻《だしま》きも、もちろん秀司が作ったのだ。

「思い出を修理できるんですか？」

「あんたは修理したい思い出なんてないんだろ。それを問う意味がないぞ」

いきなり口をはさんだ太一に、香奈はうさんくさそうな目を向けた。女子校育ちの彼女にとって、太一のような一見派手な男は半径一メートル以内に近づけたくないのだろう。

しかし太一が本当に派手かというと、いつも作務衣なのでそうとも言えない。学校はさぼっているが、神社の手伝いはしているようだし、遊びほうけた若者、と見るのも違う気がする。

「今朝《けさ》の漬け物、うまいよな」

「それ、わたしが買ってきたんだよ」

「へー、明里さんが？　俺の好みわかってきたじゃん」

「べつにきみのためじゃない」

「ふうん、シュウのためかあ」

「それより、形見の時計のことだけど、遠藤みどりさんっていうのは、遠藤克彦《かつひこ》っていう人の娘さんみたいだよ」

秀司は、預かり証に目を落とし、明里が持ちかけた相談事に話を戻した。

「祖父の営業日誌を見ると、遠藤克彦さんがこれと同じ住所にいて、かなり高級な時計を注文してくれる得意客だったみたいなんだ」

「じゃあ、お父さんの時計をみどりさんが修理に出したのかな」

「それがね、日誌によると克彦さんが持ちこんだようなんだよね」

「娘さんの名前で？」

「そう、しかも、預かり期間が一年間になってる。ちょっと長すぎるんだよね。しばらく受け取りに来られない理由があって、定期的な手入れも含めて頼んでいったみたいなんだ」

それはいったいどういうことなのだろうか。結局一年経っても、誰も取りに来なかったのはどうしてだろう。預かり証だけが、みどりさんの妹の手に渡ったのも不思議だ。

「遠藤克彦さんは、たぶんこの商店街によく来てたんだと思う。この住所からだと、十五年前くらいまではバスでこちらへ買い物に来る人が多かったはずだよ。今は電車を利用して別の繁華街へ人が流れていってしまったけど、遠藤さんは祖父の飯田時計店をずっと懇意にしてくれてたんだろうね」

「みどりさんは亡くなったらしいけど、お父さんの克彦さんはどうなのかしら。商店街に行方を知ってる人がいると思う？」

「わからないけど、当たってみるしかないね。とりあえず、遠藤家の親族が見つかれば、その妹さんにも連絡が取れるはずだしね」

「けどその妹、引き取りに来るのか？　いらないって言うんだろ？」

太一は漬け物をパリパリいわせながら言い、忙しくお茶で流し込む。

「引き取ってもらうよ。この時計は、持ち主を選ぶんだ」

きっぱり言う。明里は常々思うが、時計に関しては秀司はゆらぐところがない。

彼がそう言うのは、高価な時計だからというわけではないだろう。

技術を極めた機能はあまりにも複雑で、理解できなければつきあっていけない時計だ。香奈がもらっていいものではないし、捨てるなんてとんでもない。職人の魂までも捨てるようなものだと秀司は思っているのだろう。そして、できるなら元の持ち主の、時計への思いを汲《く》み取れる人が持つべきものだ。この時計がともに時を刻んだ故人を知る人が。

ああ、でも、遠藤みどりの妹は、姉を知らないのか。いや、その父親なら、彼女の父親でもあるわけで、知っているかもしれないのだから、やはり彼女が持つべきだろう。

「ご近所には僕が聞いておくよ」

「うん、ありがとう。お願いするね」

「すみません」

香奈も、周囲が一生懸命になるうち、きちんと返さねばという気持ちになったのか、しっかり頭を下げた。

「元はといえば、僕の店が預かった時計のことだから、きみがあやまる必要はないんだ。せっかくお姉さんのところへ遊びに来たのに、何だかわけのわからないことになってごめんね」

いいえ、と香奈は急いで頭を振った。

「もしかしてあんた、明里さんが仕事に行ってる間ひまなのか？　だったら神社へお参りしないか？　案内してやるよ」

「えっ、でも」

香奈は明らかに迷惑そうな顔をしたが、太一はかまわない。

「神社は行っておくべきだ。悪いものを退けてくれるからな」

「悪いものって何ですか？」

「色々だよ。特に新月の夜は妙なことが起こる。あんたよそ者だからねらわれやすいぞ。気をつけた方がいい」

気味悪そうな様子の香奈がかわいそうになってくる。太一が参拝を勧めるのは、賽銭《さいせん》を拝借しようという魂胆からだ。

「太一は神社の親戚なんだ。信心深いのは許してやってくれ」

秀司の言葉なら、ほぼ初対面でも素直に聞けるのか、香奈は頷いた。

「新月っていつなの？」

日常生活で、月の形を意識している人がどれだけいるだろうか。少なくとも明里は、たまたま夜空を見上げて満月だとか三日月だとか知るだけだ。しかし太一は即答する。

「今夜だよ」

「へー、太一くんよく知ってるね」

「シュウだって知ってるよな」

「うん、まあ。時計と暦は切っても切れない関係だからね」

「そうだ、魔除《まよ》けの鈴、買わないか？」

太一はまた話を戻し、香奈にからむ。作務衣の懐から取り出した巾着には、組み紐《ひも》のついた小さな鈴がいくつも入っている。そういえば、神社で売っているようなものだ。賽銭を借用するだけでなく、彼はこんなものでも小遣い稼ぎをしているようだった。

「それで魔除けになるの？　ただのストラップじゃないの？」

「昔から鈴には魔除けの力があるって信じられてるんだよ。ひとつ百円、お買い得だろ？」

「いりません！」

必死に香奈は突っぱね、結局太一は、彼女に賽銭を入れさせることも、鈴を買わせることもあきらめたようだった。

＊

津雲川沿いの桜は、近辺では花見の名所だが、そろそろ見頃も過ぎつつあった。一方で、商店街の桜はまだまだ鮮やかなピンク色に咲き誇っている。アーチのポールに結わえられたビニールの桜が、満開のまま風に吹かれている。気づいている人がいるかどうかわからないが、津雲神社通り商店会ではときどき造花の飾りを取り換えて、商店街がまだ存在していることを周囲に主張しているつもりなのだ。

　正午を回った頃、シャッター前でビニールの桜が咲き誇るそんな通りで、秀司は香奈に会った。

「やあ、出かけるの？」

「あ、はい。じつは、昨日の着物の人が今日も来てるかもしれないと思って、ライムへ行ってみたんです。いなかったんですけど、もう少し、この辺りを歩いてみようと思って」

「道に迷わないように、ほどほどにね」

　素直に頷いた香奈は、それから何か言いたげに彼をじっと見た。

　秀司が言葉を待つようにその場に立ち止まっていると、思い切った様子で問いかけてきた。それはおそらく、朝食の席では訊きたくても訊けなかったことなのだろう。

「あの、お姉ちゃんって、彼氏にはあまえたりするんですか？」

　なんか、想像できなくて。と彼女は難問をかかえているかのように眉をひそめた。

　そう？　と秀司は首を傾げる。

「家では、わがままも言わないし、キレたこともないし。あまえる人がいなかったからかなって、このごろふと思って。母は、お姉ちゃんにとっていちばんあまえられる家族だと思うのに、お互いよそよそしい感じなんです。二人ともよく似てて、素直じゃない性格だからしかたがないって叔母は言うけど、わたし、姉から母を奪ったのかなって、だから姉に嫌われてるのかもって、ずっと前から感じてて」

それは、彼女がここへ来た理由のひとつなのだろうかと思いながら、秀司は言った。

「きみにとってもお母さんだろう？　それに、きみに手が掛かる頃は明里ちゃんはもう成長してたから、奪ったとか、そんなことは思ってないよ」

「そうでしょうか」

香奈はまだ、難しい顔をしていた。

「今朝だって、何も説明せずに飯田さんのところへ行って。わたし、何が何だか、どうしてよその家でご飯を食べるのか、さっぱりわからなかったんですよ」

だから食事の席で彼女は秀司に問うたのだろう。お姉ちゃんとはどういう関係なんですか？　つきあってるよ。答えたところ、ひどく驚いていたことを思い出す。

「なのにお姉ちゃん、何一つコメントせずに黙々と食べてたし」

「身内の前だから、恥ずかしがってただけじゃないかな」

「わたしがいないときは、違う感じですか？」

「あー、そんなに変わらないかな」

「やっぱり、彼氏にもそっけないんですね」

「そっけなくはないよ」

まだ少し、遠慮してるところはあるかもしれない。でも、明里のまっすぐな気持ちは感じられる。勝手な思い込み、ではないと思う。

「心配ないよ。これからは僕が、好きなだけあまえてもらえるようにするから」

秀司はべつに妙なことを言ったつもりはないが、なぜか香奈は頬を赤くした。

「だからきみは、明里ちゃんに思う存分あまえるといい」

そのために来たのだろうと思ったのだ。香奈は、一瞬無防備な顔になったが、思い直したように体に力を入れる。

「わたしがいろいろ言ったこと、お姉ちゃんには言わないでくださいね」

それだけきっぱりと告げると、秀司の前から去っていった。

＊

遠藤克彦という人は、画家だったらしい。いつも和服姿に中折れ帽をかぶり、商店街を闊歩《かっぽ》していたという。かつて商店街の一角にあった映画館へよく来ていたのだそうだ。水商売ふうの女性を連れていることも多かった。彼が贅沢《ぜいたく》な生活をしていたのは、絵で稼いだお金ではなく、親の遺産だったというのがもっぱらの噂《うわさ》だ。預かり証に書かれた住所には、今でも当時のままの立派な和風建築の屋敷があるが、持ち主は変わっている。絵の方があまり売れず、借金をしているという噂もあったため、彼の生前か死後かはわからないが、屋敷を売り払うことになったのだと、この津雲神社通り商店街ではささやかれていた。

病気で亡くなったのは十年ほど前、それ以前から、商店街で彼の姿を見かけることは少なくなっていた。『遠藤さんが久しぶりに来てね』、と秀司の祖父が酒屋の主人に話したのもそのころだ。

『大変なものを預かってしまったよ』

祖父はそう言っていたらしい。おそらく、例の腕時計のことだろう。どう大変なのかと酒屋が問うたところ、『娘への遺品』なのだということだった。

『はあ、他の親戚に取られないようにかね』

『さあ、そうかもねえ』

『いい時計なのかい?』

『すばらしい時計だよ』

そのころたぶん、遠藤克彦は、自分の病状を悟っていた。預かり証に遠藤みどりという娘の名前を書いたのも、どうしても娘に譲りたかったからだろう。

仕事を終えた明里が飯田時計店に立ち寄ると、秀司は遠藤克彦について商店街で聞き集めたことを話してくれた。しかし結局、遠藤みどりやその妹のことについては何もわからない。

「それじゃあどうして、みどりさんは時計を受け取りに来なかったのかな」

預かり証をなくしたわけではないし、今度は会ったこともない妹に譲ろうとしたのだから、むしろきちんと保管していたと思われる。

「約束は一年間だけど、その後祖父が倒れてからこの店はしばらく閉まってたし、来てみたものの閉店しててあきらめた可能性もあるよ」

それでもみどりさんは、父親の時計だからと預かり証だけでも大事にしていたのだろうか。そうして今度は、自分の死後、妹にゆだねた。会ったことのない、腹違いの妹に。

「みどりさんの妹がもう一度連絡をくれるのを待つしかないな。どこに住んでるのか、名前さえもわからないんだから」

「そうだね。……連絡、くれると思う？」

「くれるような気がする。一度は、わざわざこの街まで来たんだから、まったく関心がないわけじゃないはずだろう？」

その妹だって気になっているはずだ。姉が、何の感情もない妹に、父親から譲られた形見を渡そうと思うだろうか。姉のみどりさんには、妹に対し何か思うところがあったはずだ。

「香奈ちゃんが、みどりさんの妹にもう一度会えないかって捜してたみたいだよ。ライムも見に行ってきたって、通りでばったり会ったときに言ってた」

「本当？　昨日は返さなくていいやって態度だったのに。お父さんの時計だったとか、もっと複雑な事情がありそうだから気になってきたのかな」

「そのへん、似てるよね」

「えっ、わたしと？」

「うん。関わってしまうと、人ごとじゃなくなるところ」

おかしそうに言う秀司は、明里がここへ来た頃、他人の身の上話によく首を突っ込んでいたことを思い出したのだろう。

「似てるって、言われたのはじめて」

「へえ、そうなんだ？」

「香奈も、わたしとは似てないと思ってる。姉妹らしい思い出もないから、姉だと思えないみたい」

そんな明里を見てちょっと哀しそうな顔をするのは、秀司は兄を亡くしているからだ。きょうだいのこととなると、色々思うところがあるのだろう。

「あ、でもね、ケンカとかしたことはないな。たまにしか会わない従姉妹《いとこ》くらいの距離で、お互いちょうどいいんだと思う」

「でも、会いに来たじゃないか」

ひまだったから、という理由だった。

「うん……、だからなおさら、何考えてるかわからないの」

遊びに来ておいて、姉だと実感できないなどと言うのだ。

「とにかく、連絡を待つしかないってことよね。香奈にも言っておくね」

明里は早々に時計店を出て、自宅であるヘアーサロン由井へ向かった。店舗の入り口から入り、奥の階段を二階へ上がって、灯りがついていないのに気がついた。普段はもちろん一人暮らしなので、家の中が真っ暗なのに違和感がなかったのだが、今日は香奈がいるはずなのだ。もしかして、まだ戻っていないのだろうか。

台所や居間や、あちこち香奈を呼びつつ覗き込むがいなかった。この辺りをよく知らないのに、人捜しなんかしていて道に迷ったのではないだろうか。商店街を少しそれると、路地はかなり入り組んでいる。心配になり、捜しに行こうと階段を降りかけた明里は、はっと思いついて香奈の携帯に電話をかけてみた。

が、こういうときに限って、すぐ近くで呼び出し音が聞こえる。寝室の鴨居《かもい》に掛かるショルダーバッグから、それは聞こえてきていた。

バッグも持たずに出かけたのだろうか。明里はとりあえず外へ出る。商店街は並ぶ街灯に照らされて明るいが、狭い路地へ少しでも足を向けると暗闇に覆われている。民家の小窓から漏れる光が、ブロック塀の上からときおり小道を照らすものの、せり出す庭木の枝や無造作に置かれた自転車のハンドルが不意に体に当たってどきりとする。

自転車を避け、さらに先へ進もうとしてふと思う。人捜しをするなら、こんな路地へ入る必要はないのではないか。遠藤みどりの妹を捜すならなおさらだ。彼女はこの近辺を知らないはずなのだ。

もしかしたら、彼女がまた喫茶ライムに現れるかもしれないと、香奈は待っているのではないだろうか。そう思いつき、国道の方へ向かおうとした。

神社の前を通りかかったとき、石段の上から何かが目の前に飛び降りてきた。びっくりして立ち止まった明里に、その黒い影が声を発した。

「明里さん、どこへ行くんだ？」

「た、太一くん？」

目を凝らした明里は、かろうじてその輪郭を確認する。彼が少し位置を変えると、離れた街灯の光がぼんやりと届き、耳のピアスが鈍く光った。

「ほら、今夜は月がないから暗くて危ないって言っただろう？　出歩くならお守りを……」

彼は懐から、鈴の音のする巾着を出そうとするが、遮るように明里は急いで口を開く。

「それより、香奈を見なかった？」

「見たよ」

あっさりと、太一は言った。

「本当？　どこで？　いつ頃？」

「ついさっきだよ。この石段の前を急いだ様子で通り過ぎようとしてた。声をかけたら、見つけたって言ってたぞ」

「見つけたって」

「あの預かり証の女だろう？　着物姿の女があっちへ歩いていったって」

「それでその人を追いかけていったの？」

バッグも持たずに出かけた香奈は、家の窓からその人を見かけたのかもしれない。そうして急いで後を追ったのだろうか。

「俺は着物の女は見てないけどな。でさ、この鈴なんだけど」

太一が指差した方へ、明里はもう足を向けていた。そんな明里の肩を、太一はつかんで引き止める。

「おっと、待てよ」

「わたし急ぐの」

鈴の押し売りはいいかげんにしてほしいと思いながらきつく言うと、太一はへらへらと笑う。

「怒るなよ。ケータイ鳴ってるって」

言われてやっと、明里の耳に着信音が聞こえた。秀司からだ。あわてて電話に出る。

「明里ちゃん？　ちょっと来れる？　今、遠藤みどりさんの妹さんが来てるんだ」

香奈が追いかけていったという人だ。その人が、秀司の店に現れたという。

「じゃ、香奈もそっちに？」

「えっ、香奈ちゃんは来てないけど。……もしかして家にいないの？」

とりあえず明里は、すぐに行くと秀司に伝えた。香奈はその人を追ったものの見失ったのだろうか。だとしたら、あきらめて家へ戻ってくるはずだ。そう思うものの、気がかりは消えない。

通話を切ってふと画面を見ると、秀司からの着信が二度ほど不在になっていた。太一に指摘されるまで、携帯の呼び出しにまったく気づかなかったのだ。それくらい香奈のことが心配になっていたのだろうか。

たぶん明里にとって、香奈は幼いイメージのままなのだ。美容学校へ行くために家を離れた十八の時、香奈はまだ小学生だった。以来ほとんど接点がなかったから、すっかり大人になった香奈を見ても、いくらか童顔のせいもあって、子供のように思えてしまう。

だから、今ごろ暗い夜道で迷い、怖がっているような気がしていた。お姉ちゃん、と泣きながら明里を捜しているのではないかと、そんなイメージがまとわりついて、早く見つけてやらなきゃと必死になっていた。

「太一くん、もし香奈を見かけたら、帰ってくるように言って。着物の女性、秀ちゃんのところにいるみたいだから」

「ああ、わかった。それにしても……、電子音ってのは響きが悪いんだよな。今夜は役に立たないかもな」

太一がそんなことをつぶやいた。

4

飯田時計店へ入る前に、明里はヘアーサロン由井の二階を見上げてみたが、窓の奥は真っ暗なままだった。香奈はまだ戻っていないようだ。本当にどこまで行っているのだろう。

気になりながらもとりあえず時計店へ向かい、ドアをくぐると、店舗にある接客用のソファに女性がひとり腰掛けていた。ドアベルの音に振り返った彼女と目が合い、明里が会釈をしたとき、秀司が工房のドアを開け、店の方へと入ってきた。

「お預かりした時計はこちらですね」

彼はそれを女性の前に置き、それから明里を手招きする。

「こちらは市川菫《いちかわすみれ》さん、遠藤みどりさんの妹さんだそうだよ」

それから秀司は明里のことを彼女に説明したが、すでに事情は聞いていたのだろう菫さんは深く頷いた。

「昨日は、妹さんに妙なものを押しつけてしまってすみませんでした」

髪をふんわりとアップにしていたが、その人は和服ではなく、小花柄のワンピースを着ていた。とすると、香奈が追いかけていったという着物の女性は、別人だということだろうか。

戸惑いながらも、秀司の隣に腰掛け、明里は言う。

「いえ、でも、お会いできてよかったです。いただくわけにはいかないものですから」

「勢いでバカなことをしてしまったと、今日はこちらへ伺ったんです。誰も受け取りに来ないものを、十年も保管してくださってた時計屋さんにも申し訳ないと思いまして。処分したいなら、わたしから申し上げるべきことですものね」

革張りの箱に収まった銀色の時計に、彼女は視線を向けたが、何もない空間でも眺めているかのように、ぼんやりとした視線だった。

「あの、今日は着物じゃないんですね」

時計のことで来た女性に、いきなり着物の話をする明里を、秀司は不思議に思ったかもしれない。けれど明里は、着物の女性を捜している香奈のことが気になって仕方がなかった。こんなことを訊いたところで、香奈がどこをほっつき歩いているのかわかるわけでもないのに、問わずにはいられなかった。

「ええ、着付けの講師をしていまして、昨日はその帰りだったものですから」

結局、それ以上訊くこともなく、明里は口をつぐむ。

「それじゃあ着物がお好きなんですね。遠藤克彦さんも、和服でこの商店街をよく歩いてらっしゃったとか。それでいて帽子やマントなんて洋風の小物使いが粋で、おしゃれな方だったと聞きました」

秀司がそう言った。

「この時計も、スイスの老舗のものです。もともとは克彦さんの時計だったようですね。克彦さんはみどりさんに遺すつもりでこの店に預けたんだそうです。そのみどりさんが、今度はあなたに。何か思うところがおありだったんじゃないでしょうか。僕としては、処分するのは忍びないんです」

けれど菫さんは、かたくなな表情だ。

「わたしは、遠藤家の人に会ったこともないんです。井上の……、旧姓なんですけど、そこの養子になったのがほんの幼い頃で、養父母を本当の両親のように思ってきましたし、今でもそうです。ですからこれを受け取ることはできません」

異母姉妹だと香奈が言っていたように、菫さんの母親と遠藤克彦さんは、愛人関係だったらしい。二人が別れて間もなく生まれた菫さんは、認知されていないという。彼女が四歳の時に、突然の事故で母親が亡くなり、そのころ母親が働いていた居酒屋の主人、井上夫妻の養子になったそうだ。

後に彼女は養父母に、本当の父親が生きていると聞かされたが、その人が菫さんを引き取らなかったのは本妻に反対されたからだということも知ったのだった。

「もう何の縁もない人たちです。遠藤克彦さんもみどりさんも。そもそも遠藤さんは、娘のみどりさんに時計を遺したのであって、わたしのことなど思い出しもしなかったのではないでしょうか」

「だったらみどりさんも、これをあなたに譲ろうとはしなかったはずです。お姉さんをまったく知らないとおっしゃいますが、もしかしたらお姉さんやお父さんには、あなたを家族だと思う気持ちがあったかもしれないじゃないですか」

気がつけば明里は、身を乗り出し気味に主張していた。姉妹だという気がしないと香奈に言われたことが胸に棘《とげ》のように刺さっていて、反論できなかった自分が虚《むな》しい。だからせめて、みどりさんが妹に伝えたかったものが消え失せてしまうのは防ぎたかったのだ。しかし我に返ってみると、ずいぶん一方的な考えだったと気づく。あわてて姿勢を正し、明里は頭を下げた。

「すみません。つい……。わたしも妹と歳が離れてて、それに片親が違うもので」

「いえ、気にしないで……。そう、あなたはいいお姉さんなのね」

戸惑いながらも、菫さんはそう言ってくれた。ああ、いいお姉さんなんかじゃない。

明里はますます恥ずかしくなってうつむく。

「そうだ、香奈ちゃんはまだ帰ってないんだよね」

「あっ、そ、そうなの。わたしもう一度捜しに行ってみようと思ってたんだ」

「昼間からずっと戻ってないんだろうか。だとするとちょっと心配だよ。商店会で協力してもらおうか？」

「ううん、実は太一くんが、少し前に香奈を見かけたって言ってたの。着物の女性がいたから、昨日の……、市川さんだと思って追いかけるって話してたらしいんだけど」

「わたしを？　妹さんはわたしを捜してたんですか？」

「ええ、まあ。預かり証を返そうってことになったもので」

急にそんな話になって、菫さんも心配そうに眉をひそめた。そうして、一緒に香奈を捜しに行きたいと言う。結局そうしてもらうことになって、三人で飯田時計店を出たとき明里は、街灯に照らされた商店街の通りでさえ、何だかいつもより暗いように感じていた。

新月だから、空に月がないからだろうか。

太一が香奈を見かけたという神社の脇道へ入っていくと、街灯も民家もなくほぼ真っ暗だった。秀司が持っていた小型のライトがようやく三人の視界を照らす。細い道の片側は、神社の丘を囲む石垣が続いている。もう片側は草に覆われた土手だ。それは、かつてあった水路の堤防だというが、商店街に住んでいても通る必要のない道なので、明里にとってはじめて足を踏み入れた場所だった。

「本当に香奈ちゃん、こんなところへ入っていったのかな」

確かに、暗い夜にひとりで通るのは躊躇《ちゆうちよ》しそうなものだ。

「着物の人がいたから、すぐ追いつけると思ったのかも」

「だけど、その着物の人も、何でこんなところへ？」

「……それもそうよね。こんなに暗かったら、着物じゃずっと歩きにくそう」

香奈にはその人がこちらへ行ったように思えただけかもしれない。そうして道に迷っているのだろうか。

「ねえ秀ちゃん、どっちへ行くべき？」

狭い道は、やがて二手に分かれた。倉庫なのか、板張りの建物のそばを、一方の道は回り込んでいる。もう一方は、変わらず神社の石垣に沿って続いているが、さらに狭くなって、草の絡まるフェンスがせり出していた。

「こっちじゃないかな。着物の人が広めの道へ出るつもりならこっちへ行くと思う。神社を回り込んでも、道というよりは草が茂ってて歩きにくいし、堤防の草原へ出るだけだから」

倉庫の方へ向かって歩くことにする。少し明るく、いくらか周囲が見えるようになったと感じると、笠《かさ》のついた古びた街灯が黄色く道を照らしていた。

菫さんは、さっきからずっと黙っているが、落ち着かない様子で周囲をきょろきょろと見回しているようだ。

「あれ、何なの？　工場？」

空き地の向こうには、トタンの簡素な建物が、路地に沿っていくつか並んでいた。

「昔の市場だよ。十年くらい前までは、週に一度くらいは開いてたらしいよ」

その前を通り過ぎると、こんもりと木の茂る、公園のような場所があった。よく見ると、背の低い鳥居が立っていた。

「ここも神社？　知らなかった」

「津雲神社の一部だって聞いたような。昔は神社の森とつながってたんだろうけど、河岸工事か何かで飛び地みたいになったとか。木は茂ってるけど、狭い土地だよ。すぐ通り抜けられる」

「森だけなの？」

「末社みたいなのがあったと思う。なんでも神様には恐ろしい一面があるから、そういう部分を分けて祀《まつ》るとか聞いたことがある」

「え、じゃあ、ここは恐ろしいところ？」

「ちゃんと祀ってあるんだから大丈夫じゃない？」

「あの、わたし、この辺りに来たことがあるような気がしてきました」

鳥居のそばで立ち止まった菫さんが、ふとそんなことを言いだした。

「もしかして、子供の頃にですか？」

「ええ……、市場だとおっしゃいましたよね。薄暗い建物に電球がたくさんぶら下がっていて、その下で野菜や果物や、色とりどりのものが並んでいた風景がふと思い浮かんで……。それに、この鳥居にも見覚えがあります」

「遠藤さんの家は、ここからバスでなら近かったはずです。それで、この辺りへいらっしゃったんじゃないですか？」

「でもわたし、遠藤の家には行ったことがないと……」

菫さんは突然言葉を切って、鳥居の方に数歩踏み出した。それから振り返って、あわてたように明里たちに言う。

「今、この先に人影が。着物を着た人みたいでした」

「えっ、本当ですか？」

明里は秀司と鳥居の奥に目をこらすが、何も見えない。

「妹さんも近くにいるんじゃないでしょうか」

そうして菫さんは、神社の森へ入っていく。

「あ、待ってください」

秀司とともに、明里は急いで彼女を追いかけた。すぐ後ろに秀司がいると思っていたのは、自分の視界を照らす光があったからだ。けれどその光が木々の奥にあるものだと気づき、立ち止まった明里が振り返ると、秀司の姿が見あたらなかった。

「あれ？　秀ちゃん？」

背後の道は木々に覆われていて、通りからそう離れたわけではないはずだが、そこにあった街灯はもう見えなかった。秀司が持っているはずのライトも確認できない。視線を前方に戻した明里は、ぼんやりと突っ立っている菫さんを見つけて駆け寄った。

「すみません、見失ってしまいました」

彼女は途方に暮れたようにそう言った。

「夜の神社に用があるとも思えません。着物の人も急いで通り抜けたんじゃないでしょうか」

目に見える範囲には、小さな祠《ほこら》があった。そばに桜の木が一本あり、いまだに満開の花を枝いっぱいに咲かせている。祠のそばにある小さな提灯《ちょうちん》の光が、桜を闇に浮かび上がらせ、そこだけぼんやりと白くけぶったように見える。祠も提灯も、柵で囲まれていてそばまでは近づくことができないが、真っ暗な場所ではずいぶんと頼りになった。

とはいえ、ずっとこんな場所に立ち止まっているわけにもいかない。どちらへ向かって歩くべきか、すでにどちらが市場の通りか、方向がわからなくなっているため、明里は考え込む。けれど薫さんは、何を見つめているのか、じっと暗い木々の奥に目を定めている。

「さっき見た着物の女性といっしょに、小さな女の子がいたんです。あれは……きっとわたしです」

わけがわからない明里に、薫さんは一生懸命に話そうとした。

「いつのことか、どこだったのかもわからない、わたしの中にあるぽつんとした記憶なんです。着物の女の人と、こんなふうに木々の茂る場所を歩いていて、最初は母だと思っているんですけど、よく見ると母じゃなくて。それでもわたしは、その人の手をしっかりと握っているんです。夢だったんだろうと思っていました。でももし、わたしがここへ来たことがあるなら、遠藤の家へも行ったことがあるんでしょうか。あるとしたら、母が亡くなった頃？　父がわたしを引き取るのを反対されたという時でしょうか」

菫さんの言葉は止まらなかった。それは、記憶というよりは彼女の想像だった。細部をおぼえているはずもない菫さんが、必死になって思い出そうとしながら、小さな女の子の物語を作っていく。着物の女性と木々、記憶の断片だという一枚の絵から、物語を想像していく作業だった。

明里はそんな物語に耳を傾けた。菫さんの過去にいる着物の女性が、今この木々の中にいて、香奈がその姿を捜して迷子になっているかのように感じながら。

「もしかしたらわたし、遠藤の家にいるのがいやで、逃げ出してきて道に迷ったのかもしれませんね」

5

母親を失い、実の父の家へ連れてこられた菫さんは、広い、畳しかない部屋にいた。怖い顔をした大人たちに、怖い顔で取り囲まれて緊張しきっていた。帰りたいと思ったけれど、怒られそうで言い出せず、手洗いに行った隙にこっそり屋敷を抜け出したのだ。通りへ出て、ちょうど停留所に止まっていたバスに乗った。ここへ来るためにバスに乗ってきたのはおぼえていた。同じようにバスに乗れば帰れると思った。

母を亡くして間もないそのときも、それからもずっと、彼女の家は、井上氏が経営する居酒屋のあるビルだった。ビルといっても古い三階建てで、店舗と同時に夫妻の住居でもあり、その屋上にあったプレハブの部屋で、母子は暮らしていた。

ある日から彼女は、階下にある井上夫妻の住居で過ごし、寝起きするようになった。母が交通事故で入院したことも、しばらくして亡くなったことも聞かされたが、亡くなるということがまだ理解できず、どこか遠くへ行っているだけのように感じていた。井上夫妻を家族だと思っていたから、待ってさえいればいつか母が帰ってくると信じていた。

けれど突然知らない男の人が来て、知らない町へ連れてこられた。彼女はただ早く帰りたかった。煮物とお酒の匂いが染みついた、彼女にとっての家へ。

津雲神社前でバスを降りたのは、そこが家の近くの風景と似ていたからかもしれない。菫さんは、バス停からすぐの分かれ道を右へ曲がった。バスに乗ったときはいつもそうしていたとおぼえていたからだ。けれどその先は、記憶とはまるで違う道だった。狭くて曲がりくねっていた。それでも彼女は進むしかなかった。もう少し、もう少しだけ進めば、きっと見覚えのある風景にたどり着く。茶色い三階建ての、正面に居酒屋ののれんが掛かった建物が見えてくるはずだった。空は曇り、やけに辺りが暗くなってきたために、彼女は急いだ。

けれど道は、初めて見る市場へと続いていた。にぎやかな市も、彼女にとっては奇妙な掛け声が響くばかりの場所だった。見知らぬ大人たちの顔が怖くて、駆け足で通り抜けるが、やがて小さな鳥居に突き当たって行き止まった。その向こうにはこんもりした木々がひかえている。いっそう暗く、恐ろしい感じがして足がすくんだ。

そのとき、木々の向こうに菫さんはお母さんの姿を見たような気がした。着物を着たお母さんの後ろ姿だった。彼女がもっと小さかったころ、居酒屋で住み込みの仕事をする前、お母さんはよく着物を着て仕事に出かけていた。だからお母さんだと思い、追いかけようと木々の間へ走り出した。その姿はすぐに見えなくなってしまったけれど、彼女は勇気を振り絞り、さらに森へ入っていく。小雨が降り始めていた。

何度もお母さんと呼び、駆け回っても、人影は見あたらなかった。雨が冷たくて、そして孤独と緊張に疲れ切っていた。覆い被さった枝の下、地面が乾いたままの場所を見つけた彼女は、雨宿りをしようと駆け込み、立ち止まったとたんに力が抜けて座り込んだ。涙があふれてきて、止まらなかった。そばに小さな祠があった。

〝菫、帰ろうか〟

お母さんの声を聞いたような気がして、菫さんははっとして顔を上げた。気がつくと、雨は止んでいた。見上げると、雨宿りをした枝には桜の花が満開に咲いている。そのもやもやとした白さに似た湿っぽい空気が、辺りに立ちこめている。そんな森の奥へ目をこらすが、お母さんはいなかった。

また泣き出しそうになるのをこらえたとき、靄《もや》の向こうで人影が動いた。よく見ようとした菫さんの方へ近づいてきたのは、桜色の着物を着た若い女性だった。お母さんとは似ていなかった。もっと若く、背が高い。けれど菫さんは、お母さんとその人を見間違えていたのだとは思わなかった。確かにさっき見たのはお母さんだったはずだ。

『どうして泣いてるの？』

優しく微笑みながら、着物の女性は菫さんを覗き込む。奇麗な人だった。日本人形みたいだと思ったが、頬に触れる手はあたたかく、いい匂いがした。

『道に迷ったの？　家はどこ？』

『お母さんにあいたい』

『じゃあ、いっしょに捜してあげる』

菫さんは、着物の女性の手をしっかりと握った。途方に暮れる彼女にさしのべられた救いの手だ。すっかり信頼を寄せていた。


明里はしだいに、菫さんの話を聞いているのか、そんな情景を眺めているのかわからなくなった。いつだったか、迷子になって泣きながらうずくまっている香奈を見つけたことを思い出す。

二人で動物園へ行ったときだ。両親ともども仕事の休みが不定期で、子供たちの学校が休みだからといって休めるとは限らなかった。だから明里が、電車で三十分ほどのところにある動物園へ香奈を連れていくことになった。香奈は五歳くらいだったから、明里は高校一年生だっただろうか。

日曜日の動物園は家族連れでにぎわっていて、姉妹二人だけでは、かえって香奈は淋《さび》しかったかもしれない。最初は機嫌よく象やキリンに夢中になっていたが、そのうち、ぬいぐるみがほしいとかソフトクリームを食べたいだとかわがままを言いだした。たしなめると、香奈は頰を膨らませた。

お姉ちゃんは本当のお姉ちゃんじゃない。半分だけだっておばあちゃんが言ってた。

そんなことを言い出す。明里は苛立った。

本当のお姉ちゃんは、千帆《ちほ》ちゃんのところみたいにおそろいの髪留めをして、一緒にピアノを習いに行くのに。ソフトクリーム食べたいって言ったら、お姉ちゃんも食べたいっていっしょにおねだりするのに。

香奈はお腹が弱いから、冷たいものは食べさせないでと母に言われていた。ダメと言い張る明里の手を、怒って香奈はふりほどいた。

なによ、ひとりじゃ帰れないくせに。明里の言葉を無視して、香奈はひとりで歩き出す。でもきっと、すぐに人混みが怖くなって、走って戻ってくるはずだった。明里はその場で香奈の姿を目で追いつつ立ち止まっていたが、小猿を肩に乗せ子供たちの歓声を浴びていた飼育員にふと目を向け、もう一度人混みに視線を戻したときには、香奈がどこにいるのかわからなくなっていた。

あのときと同じ、後悔と不安が押し寄せてくる。香奈のよろこぶ顔が見たくて動物園へ連れてきたのに。普段は部活や塾に忙しく、幼い妹をかまってやれない罪悪感もあったから、一緒に楽しみたかった。おそろいの髪留めやピアノのお稽古は無理でも、妹ができたことは純粋にうれしかった。香奈を通じて、明里は義父とも親子になれたと思えていた。

本当のお姉ちゃんじゃない、半分だけだなんて言われて、たぶんショックだった。幼い香奈はわけもわからずに言っただけ、目を離してしまった言い訳にはならないとわかっているのに、明里自身もまだ子供で、意地になってしまった。香奈が泣き出す前に見つけてやれなかった。

感じる胸の痛みは、過去のことなのに、今の胸騒ぎに転じていく。明里は我に返り、周囲に目を凝らす。祠も提灯も見えない。薄い布で覆われたかのように、ぼんやりと黄色い光がにじんでいる。霧だろうか。明里自身も湿っぽい感覚に取り巻かれている。

香奈を捜さなきゃ。そのためにこんな暗い祠のそばまでやって来たのだ。不意にその思いが強くなり、明里は周囲を見回した。森の中は真っ暗なのに、靄は不思議と白く漂っている。

いつの間にか、すぐ隣にいたはずの菫さんがいなくなっていた。

「菫さん？　どこですか？　……香奈？　秀ちゃん？」

とにかく誰かいないかと、呼びかけながら歩き出す。狭いはずの神社の森なのに、進んでも外の通りにたどり着けない。空を仰いでも、新月の夜は真っ暗だ。あきらめて、地上に視線を戻した明里は、人影に気づいて足を止めた。

香奈だ。木々の奥にぼんやりと立っている。かすかに浮かび上がる横顔は香奈に間違いなく、明里は名を呼ぶ。

「香奈！」

はっとして振り返った、お下げ髪の女の子が明里を見つける。

「お姉ちゃん！」

急いでこちらへ駆け寄ってきた香奈は、いつかの動物園で明里を見つけたときと同じだった。さすがに泣いてはいないけれど、同じ、心細さと安堵とが入り交じった顔で明里にしがみつく。

なんだ、変わってないじゃない。香奈は明里を姉だと思えなくなったわけじゃない。

決別するために来たわけでもない。

「ああよかった、香奈、捜したんだよ。心配させないでよ」

素直にごめんと言う妹の頭に手を置く。子供にするみたいにくしゃくしゃと撫《な》でると、もう高校を卒業した彼女が、昔と同じように泣きそうな顔で笑った。

「道に迷って、どうしようと思ってたの」

「この辺、複雑な路地なの。わたしだって入ったことがないのに」

「着物の人を見かけて、追いかけてたらつい……」

「うん、太一くんに聞いた。でも、預かり証の持ち主が見つかったの。今日は着物じゃなかったから、香奈が見た人は別人だよ」

「えっ、そうなの？」

「その人、市川菫さんっていうんだけど、一緒にあなたを捜してくれてた」

「ホント？　どこにいるの？」

「それが、今さっきはぐれたみたい」

靄は相変わらずたれ込めている。しかしそれが、どこか辺りにある街灯の光を乱反射するからか、完全な暗闇ではなくなっている。とはいえ、間近にいる香奈の顔がどうにかわかる程度だ。

「ここ、鳥居みたいなのがあったけど神社なの？　林の中、すぐ向こうに道の街灯が見えてたのに、入っていったらやけに広くて出られなくって」

そうだ。狭いと聞いていたのに、ずいぶん木々が生い茂り、深い森に迷い込んだかのように、さっきから明里も歩き回っている。靄で視界がすっきりしないせいだろうか。

「お姉ちゃん、誰かいる」

また歩き出したとき、香奈が何かに気づいて指差した。明里も人影に気づく。祠の方だろうか。その向こうが少し明るくて、手前にいる人影が影絵のように浮かび上がって見えた。

「着物の人だ」

香奈が言うように、そのシルエットは着物姿のようだった。そんな女性の前に、もうひとりいる。幼い女の子だ。二人が向き合っている様子はまるで、ついさっき菫さんが語っていた情景の続きみたいだった。

「着物の人、迷子の女の子を捜してたのかな」

あれは菫さんだ。そして、菫さんが昔ここで会ったという着物の女性だ。そんなことを想像すると同時に、明里には、二人の会話が聞こえていた。それともそれは、さっき菫さんが語った会話だったのだろうか。

『ねえ、お母さんより、お姉ちゃんに会いに行かない？』

着物の女性はそう言った。お姉ちゃんはいないから。女の子は答えた。

『わたし、妹がいるのよ。でも妹は、わたしが姉だと知らないの』

……かわいそうね。おねえちゃんも、おねえちゃんの妹も。

『うん、でも、いつか気づいてくれるかな。そうだ、今は、わたしたちが姉妹にならない？　そうしたら、一人きりじゃないから、迷子でも怖くないでしょう？』

おねえちゃんも迷子？

『そうよ』

でも、あたし、帰りたい。お母さんのところへ。

『ううん、行っちゃだめよ。お母さんはもう……』

あ、お母さんだ。何を見つけたのか少女はそう言う。着物の女性の手をふりほどこうとする。

『だめ、菫ちゃん』

その声は、まるで木々の合間を漂っているかのように、いつまでも明里の耳に尾を引いていた。けれど気がつけば、着物の人も小さな女の子も見えなくなっている。

明里は無意識に、香奈の手を強くつかむ。

「香奈。そっちへ行っちゃだめ」

不思議そうな顔で彼女は振り向く。いや、不満げにも見える。

あたし、本当のお姉ちゃんがほしい！

動物園で、香奈はそう言った。明里はつい手を離してしまった。でももう、離すまいと思った。

「どうしたの？　お姉ちゃん」

「とにかく、ここを出よう」

新月の夜は気をつけろと太一が言った。月がないというだけだ。でも、何だかここは奇妙だ。

香奈の手を引いて明里は歩き出す。まっすぐ歩けば林の端に行き着くはずだ。なのに、狭い土地でぐるぐる同じところを回っているかのようだ。右手にぼんやり見えていたはずの祠が、今度は左手に見える。

どうしよう。あせるほど、方向がわからなくなる。深呼吸しようにも、湿った空気は重く、何だか息苦しい。

立ち止まってしまいそうになったとき、明里の耳に鐘の音が聞こえた。はっとして耳を澄ます。高く、透明な音色が木々の間に響き渡る。少しの曇りも感じない、光のようにまっすぐに伝わってくる音だ。

かつて闇の中で人々が聞いていた、時を報せる鐘の音だ。

とたんに、靄がさっと散っていくようだった。風が吹く。桜が散る。肌に感じる湿り気が消える。

気がつけば、木々の向こうに、街灯のある道が見えていた。その手前、鳥居のある短い石段に、秀司が立っている。

「秀ちゃん」

明里は香奈の手を握ったまま駆け寄った。ほっと息をついて、彼は微笑んだ。

「よかった、急に姿が見えなくなるから心配したよ。あ、香奈ちゃん見つかったんだね」

秀司は、遠藤克彦のあの時計を握っていた。

「それ、今時計を鳴らしたの？」

「うん、鈴を持ってなかったから」

「鈴って、太一くんが売りつけてたやつ？」

「そう、魔除け。ミニッツリピーターのアイディアになったっていう、教会の鐘の音も同じだよ。音が魔を追い払うっていうのは世界共通なのかな」

魔、という何かがいたのだろうか。

「なんて言うと神秘的だけど、人って、暗いと方向感覚が狂ったり、あせって道に迷いやすくなったりするだろう？　昔の人が、夜道で狐にだまされて迷ったとかいうのも、軽いパニックに陥ったからって説もあるし、こういう金属系の音って、感覚を刺激して頭をちゃんと働かせてくれるらしいよ。僕は、不思議というより人の知恵だと思ってるんだけどね」

秀司はそう言って、もう一度時計を鳴らすと、鳥肌を立てる明里と香奈を安心させた。

「その音、聞いたことがあります」

祠の方からこちらへ歩いてきたのは菫さんだった。彼女も、はぐれたとはいえ近くにいたようだ。

「あのときも、……道に迷ったわたしが、ここで着物の女性に会ったときも、辺りに靄が立ちこめて……。でも、その音が聞こえたとき、こんなふうに靄が晴れて、わたしたちを捜しに来た男の人が、その音がする時計をしていました」

　菫さんのお父さんの時計だ。彼女は、父親にも、そして姉にも会ったことがあったのだ。

「あのとき、わたしの手を離さずに、ずっと握っていてくれたのは姉だったんですね」

　母の元へ行きたいと願う菫さんを、着物の女性は引き止めようとしていた。明里も、妹の手を離すまいとした。

　新月の夜に迷う道は、もしかしたらこの世の道だけではないのかもしれない。

「わたしは小さすぎて、あの日のことは断片的な夢としてしか記憶に残っていなかったけれど、姉は……、わたしのことをおぼえていた。それで、時計を遺してくれたんでしょうか」

　明里の方を見て、菫さんはしみじみと言った。

「思い出は、わたしの中にだけあるものじゃないんですね」

　小さな彼女を見守った、誰かの中にも思い出はある。誰もが、人と出会うたびにたくさんの思い出に包まれていく。そうだったらいいと明里は思う。

秀司が差し出す時計を、菫さんは両手で受け取り、やわらかく壊れやすいものを扱うように手のひらに包み込んだ。

「ここにも、父と姉と、わたしの時間が刻まれているんでしょうか」

「ええ、きっと。時計は生きています。あなたも、生かしてやってください。そうしたら、語りかけてくれます。一緒に時を刻んでくれますから」

秀司の言葉に深く頷き、菫さんは銀色のベルトに腕を通した。


「お姉ちゃんは、わたしが小さかった頃のことおぼえてる?」

帰ろうとして、商店街への道を三人で歩いていると、香奈はそんなことをぽつりとつぶやいた。

「そりゃあおぼえてるよ。いつでもわたしにくっついてきて、かわいかったよ」

「えー、くっついてた?」

「離乳食も食べさせたし、お風呂も入れてあげたし」

姉妹なのに、他の家の姉妹とは違って見える姉に不満をいだいていた香奈は、今でも姉との距離に悩んでいる。菫さんもそうだったから、香奈は彼女に親近感をおぼえたのだろう。

「姉の方には、いっぱい思い出はあるよ。聞きたいなら、これからたっぷり話してあげる」

「よかったじゃないか、香奈ちゃん」

香奈はどうかなあ、という顔をしていた。でもちょっと、うれしそうにも見えた。それから少し迷いつつ、ぽつりと口を開いた。

「わたし、髪型変えたいんだ。大学生になるし、……共学だし」

思いがけない言葉だった。明里は香奈を覗き込んだ。

「もしかして、そのことで来たの？」

「だって、いつもの美容室はママと同じ世代の人が多くてあか抜けないし。そこでパーマかけたら似合わなさすぎて、三つ編みにしてるしかなくなったんだよ。これまでなら校則厳しくて、友達も同じような感じだったからそれでよかったけど、大学は違うでしょ。でもほら、今どきのおしゃれなところはだいたい男の美容師がいて気後れするし怖いし、お姉ちゃんなら、何とかしてくれるかなと思って」

「なんだ、そんなことなら任せなさいよ」

「ホント？　髪型の写真、切り抜きいっぱい持ってきたんだ」

「言っておくけど、モデルと顔は同じにならないよ」

「わかってるよ！」

香奈はたぶん、姉妹らしく、女同士の話をして、洋服やアクセサリーを共有して、おしゃれをまねて、そんなことにあこがれていた。けれど明里がめったに実家へ帰ってこないことで、妹の存在を忘れられているように感じていたのかもしれない。

単純な親子三人の家族がいいと、明里がよけいな姉だと思っていたわけではないなら、やはり香奈が、明里と家族を繋《つな》ぐ存在なのだ。

昔の市場から別の路地を抜ければ、商店街はすぐだった。ヘアーサロン由井の前で立ち止まると、香奈は秀司に礼を言ってさっさと中へ入っていった。気を利かせているつもりだろうか。明里は立ち止まり、秀司の方に顔を向けた。

「時計、ちゃんと引き取ってもらえてよかったね」

「うん、明里ちゃんと香奈ちゃんのおかげかな」

「あれは……、時計が持ち主を選んだの。あの音色で、みどりさんとお父さんの思い出を伝えたのよ」

「そうか。だといいね」

明里は、どんな言葉もやさしく受け止めてくれる秀司が好きだ。だから、思い切って訊《たず》ねることにする。菫さんが受け継いだあの時計を見せられたときから、ずっと気になっていたことだ。

「秀ちゃん、ひとつ、訊いていい？」

あらたまる明里に、秀司もややあらたまった様子で「いいよ」と言う。

「わたしの時計、つくってってお願いしてるけど、もしかしてあれくらい高いの？」

想像もしなかった質問だったらしく、彼は虚をつかれたようだった。

「あれって、ミニッツリピーターの？」

「三十年ローンとかあり？」

「いや……、特に複雑な機能がないなら、そこまで高価にはならないよ」

「じゃ、どのくらい？　車くらい？　高級ブランドのバッグくらい？」

「うーん、指輪くらい、かな」

「どんな？　それってピンきりじゃない」

「できあがってから考えるよ。納得できなければ値切っていいから」

「えー、そんなこと言っていいの。後悔するよ」

けれど秀司には、明里が気に入るという自信があるのかもしれない。笑顔で返す。きっとすばらしい時計の前では、客は黙るしかないのだ。そんな気がした。

ヘアーサロン由井の二階に明かりが灯《とも》る。

「それにしても、きょうだいって不思議よね。他人のようにも、友達にも親子のようにもなれる」

「うん、不思議だよね。でも、他人にはなれないよ。どんなにがんばっても、なれないと思う」

兄を亡くした彼は、しみじみとつぶやいた。

「そうだね。わたしも、よくわかった」

蔦が這《は》う建物の前で、明里は秀司を見つめる。慰めたくもあり、感謝したくもあり、愛おしくもあり、触れたいと自然に思う。そんな気持ちの高まりを行動に移すには、まだ慣れきっていなくてわずかにためらう。前につきあっていた人は、明里の方からべたべたするのを嫌ったし、明里自身、あまえるのは子供っぽいという意識もあった。たぶん、彼に似合うようにと背伸びをしていた。

こんなふうに、自分から触れたいと思うのは久しぶりだ。でも、秀司はどう思うだろう。そんな短い逡巡《しゅんじゅん》の間に、背中に回された腕が二人の距離を不意に縮めた。抱き寄せられて、急に緊張が解ける。不思議な感覚だ。これまでの明里なら、そういうときは緊張していた。恋をしているという高ぶった緊張感は嫌いじゃなかったけれど、この安心感はもっと心地いい。

「ありがとう、一緒に香奈を見つけてくれて」

やっと、明里も腕を回す。この街へ来て、秀司と出会った自分だから、香奈との思い出もこれからも、大切にできるだろう。

少しだけ力を入れて、明里の背中を抱きしめてから、「おやすみ」と彼は耳元でささやいた。

斜め向かいの飯田時計店へ帰っていく後ろ姿を少しの間見送って、明里はポケットの中で点滅する携帯電話に気づき、取り出して確かめた。数十分前の着信履歴は、神社の森で迷っていた頃だ。秀司が見失った明里にかけたものだったけれど、あのときはまったく鳴ったことに気づかなかった。

電子音は役に立たない。太一がそんなことを言っていた。魔除けには役に立たないのか。あの硬質な、高く空へ響くような金属音しか、暗闇に届く道しるべにはなれないのだ。そんなことを明里はぼんやりと思った。

赤いベリーの約束

1

〝津雲神社通り商店街〟は、昼間にもかかわらず、人通りはわずかだった。日なたを歩いていると、じわりと汗がにじむようになったこの時期、日差しが陽気なほど明るいだけに、閉まったシャッターばかりが並ぶ通りは、虹を模したアーチも街灯にからみつく造花ももの悲しい。それでも明里にとってここは、自分をあたたかく迎えてくれる場所だ。寂れた商店街だが、昔からの商売を細々と続けている店もあり、そういうところは、知る人ぞ知る名店だったりもする。

そんなシャッター通り商店街の最初のアーチをくぐって間もなく見えてくるのが、間口も広く、堂々とした店構えで目立つ阿波屋《あわや》酒店だ。最も店らしい店といえるのがここで、酒屋の営業日かどうかで、この狭い通りが商店街に見えるかどうか決まるといってもいい。

話好きな奥さんは、明里の親より少し上の世代だと思われるが、いつも元気で面倒見のいい人だ。そして、商店街での情報収集能力に長《た》けている。そんな奥さんに、酒屋の前を通りかかった明里が会釈すると、めずらしく呼び止められたのだった。

「ああ、由井《ゆい》さん、ちょっとちょっと」

明里の名字は仁科《にしな》だ。しかし商店街では屋号で呼び合うことが多いため、〝ヘアーサロン由井〟という店だった建物に住んでいる明里は、由井さんと呼ばれることも多い。

「宝果堂《ほうかどう》の保《たもつ》くんのことだけど、秀ちゃんから何か聞いてる？」

宝果堂は酒屋の隣にある果物屋だ。今はもう店頭販売はしていなくて、贈答用の注文品や飲食店への配達で店を続けているらしい。その、保さんという三十代の店主は二代目で、先代はすでに田舎《いなか》に隠居している。保さんには妻がいるが、先週くらいからその妻が家出をしたらしいと商店街には知れ渡っているのだった。

「いえ、わたしは特に。葉子《ようこ》さん、まだ帰ってないんですか？」

「そうよ。それでね、保くんがさっき秀ちゃんの店を訪ねてたみたい。もしかして葉子さんとのこと、修理してもらおうなんて思ってたら、かなりまいってるんじゃない？」

秀司の時計店には、ショーウィンドウに〝おもいでの時　修理します〟というプレートが置いてある。祖父の代からあったそのプレートには、以前は〝おもいでの時計修理します〟と書かれていたことを、もちろん商店街の人はよく知っている。金属製の、〝計〟の一文字がはずれてしまっただけだと、誰も不思議には思っていない。が、孫が店を継いでからもプレートの文字をそのままにしているというのは、少々奇妙に感じているようだった。

だからかみんな、冗談めかしながらもふと過去を修復できないかと考えたとき、なんとなく飯田時計店のショーウィンドウを思い浮かべてしまうのだ。

「ま、お節介だと思うけど、ちょっと心配でね」

阿波屋酒店の奥さんも、プレートのことが少し頭に浮かんだだけだろう。自分ですぐに否定した。

「いつものケンカじゃないんですよね」

宝果堂の夫婦ゲンカは、明里の耳にもしばしば聞こえてくるくらい、ありふれたことだった。

ご主人の保さんは口数が少なく、一見とっつきにくい印象だが、根は優しい。というか怒ったところを見たことがないというのが商店街での評判だ。一方で妻の葉子さんはしっかり者で口が達者、色々言いたくなってしまうらしく、ケンカといっても大抵葉子さんが一方的にまくし立て、糠《ぬか》に釘《くぎ》と言った反応に腹を立てて家を飛び出すようだ。それでもいつもなら、一日二日で帰ってきて、元通り二人三脚で仕事をしているはずなのだが。

「どうしたものかしら。もう一週間よ。近々町内会のイチゴ狩りがあるのに、葉子さん、毎年張り切って子供を引率してくれてたのに、行かないつもりかしら」

子供向けの町内会の企画だが、宝果堂の仕入先でもある農園でのイチゴ狩りは、先代の頃からもう何年も続いているという。今では葉子さんが中心になって、イベントをもり上げているようだ。彼女が行かないとなると、無口な保さんが手伝うことになるのだろうか。

「ケンカするほど仲がいいって言うけど、駆け落ちまでして一緒になったんだから、もうちょっと仲よくすればいいのにねえ」

「駆け落ち、なんですか」

明里には初耳だった。

「単なる噂《うわさ》だけど。でもちょっと意外よねえ。保くん、そんな大胆な人に見えないでしょ?」

噂と言いつつ、真偽を疑っていないようだった。

真相はともかく、赤の他人があれこれ話し合ったところで、夫婦ゲンカが解決するわけでもない。たぶん酒屋の奥さんは、保さんが何の用事で飯田時計店へ行ったのか、明里が知っているのではないかと思い、呼び止めたのだろう。しかし何も知らない明里には答えようもなく、立ち話はなし崩しに終了した。

興味本位の噂話、と言ってしまえばそれまでだが、お節介気味の近所付き合いは、この商店街ではまだ好意的に受け止められている。酒屋の奥さんにしてみれば、宝果堂の夫婦を本当に心配しているのだ。引退し、店をたたむ老人の多い商店街で、親の店を継ぎ、これからの商店街をもり立ててくれるだろう若い世代を、自分の子供のように応援している。

明里も、いつ美容室を始めるのかと何度となく訊《き》かれているが、詮索されているとは感じない。大家族のお母さんといった人柄の奥さんには、心和むことが多く、一人暮らしでも近くに家族がいるような安心感がある。

商店街というにはまばらになってしまった店と、開発から取り残された古い家や路地に囲まれながらも、まだここには潜在的な生命力が眠っている。細々と商売を続けている店に、住人は愛着を持っているし、空き家かと思うほど古びた家でも、壁際に所狭しと置かれたプランターに色とりどりの花が咲くのを眺めれば、豊かな生活があるのだとわかる。

町にも老いがあるのだとしたら、ここは若き日を懐かしみつつもゆったりとした幸福に浸っている晩年の町だ。黄昏《たそがれ》の陽《ひ》は、北国の白夜のように、沈むことなくいつまでも続いていく。そうして、いつか生まれ変わるための力を、じっと蓄えている。

そんなことを思いながら、明里は和菓子屋の暖簾《のれん》にふらふらと近づいていく。目当ては、この時期店先で売られる小豆《あずき》のアイスだ。その和菓子屋は普段、冠婚葬祭や贈答用の注文品しか作っていないが、小豆アイスだけは近隣住人の要望で売っている。もなかにはさんで食べるアイスは、ミルクと小豆の風味が絶品で、前を通りかかると食べたくなってしまうのだ。

暖簾の前の先客は、一組の親子連れだった。自分の番を待って、ひとつ、と注文する。すると背後から、「もうひとつ追加で」と声があった。

振り返ると、秀司が立っていた。彼も小豆アイスを買いに来たようだった。隣に立った彼は、明里が二つ提《さ》げていたスーパーの袋を、ひとつ持つよと言ってくれる。明里はつい、大丈夫、なんて言ってしまい、素直にあまえられない。

いいから、と引き下がらない彼に結局持ってもらうことになるのだから、素直にありがとうと言えばよかったと後悔するが、そういうやりとりも他人から見れば微笑《ほほえ》ましいものであるようだった。

「いらっしゃい。仲がいいねえ、二人とも」

はい、と答える秀司は、あっけらかんとしている。つきあい始めてから気づいたことだが、彼は明里との交際を周囲に知られることについてまったく気にする様子がなかった。つまり自分たちは、すでに商店街の数少ない現役店主たちの公認だ。だから酒屋の奥さんも、秀司の店を訪ねたという宝果堂の主人のことを明里に訊いた。

隠すことでもないけれど、明里にとってはなかなか慣れない状況だ。以前は職場恋愛だったこともあってか、同僚の前では気を遣っていた。いちおうは内緒にしていたし、仕事場では普通の先輩後輩として振る舞ったから、休日のデートで知り合いに会った場合、繋《つな》いでいた手を急いで離すのが普通だった。

けれど秀司にはそんなところがない。たぶん彼は、ふたりでいるときとそうでないときの落差が少ないのだと思う。

「うらやましいなあ。うちのも若い頃は、明里ちゃんみたいに初々しかったのかね。もう思い出せないよ」

初々しいわけではなく、明里が恥ずかしがっているように見えるのは単に知人の前では他人行儀にすることが普通だったからだ。

「そんなこと言って、このあいだ夫婦でご旅行に出かけたそうじゃないですか。商店会でおみやげを配ってくださった奥さん、楽しかったって言ってましたよ」

秀司が切り返してくれてほっとする。

「あいつは誰と行ったって楽しいのさ」

奥さんへの軽口も、照れているだけだとわかるから笑顔で聞ける。でもたぶん、お互いあたたかく軽口をたたけるのは、それだけの信頼関係があるからだろう。

つきあい始めたばかりなのに、人前だからとはいえそっけない態度を取られれば、いい気持ちはしないはずだ。いけないなと思いつつも、癖のようなものでなかなか直せない。今のところ、秀司は明里のそんな態度を気にしている様子がないのは救いだ。

歩き出しながら、紙に包まれたもなかアイスを食べる。

「これ、おいしいよね」

「うん、昔から、夏休みにここへ来るとよく食べてたよ」

「本当？　わたしは食べたことなかったな」

「昔は他にも色々な店が。ソフトクリームやかき氷を売ってたしフルーツパーラーもあったからね」

「あ、パーラーには行ったことある。そういえば、子供の目には小豆やもなかは地味だもんね。パーラーの方が惹《ひ》かれるかも」

「地味か、確かにね」

秀司はくすくすと笑った。

「そこの角を曲がったところのソフトクリームは知らない？　めずらしい味のがあったんだけどな」

「めずらしい味って？」

「葡萄《ぶどう》とか、パイナップルとか、ピーチとか。とにかくいろいろなフルーツの味があったと思う」

ソフトクリームだとすると、確かにめずらしいかもしれない。

商店街の通りから少し枝分かれした道は、アーチもないので商店街らしくない。だからか明里の記憶にはなく、今となってはシャッターさえも取り払われて改築されたのか、民家が並んでいるだけだ。一軒、白い壁にかすれたフルーツの絵が残っていて、そこがソフトクリームを売っていた店だろうと思われた。

「突き当たりの児童公園も、昔からあった？」

分かれ道の前で立ち止まると、ジャングルジムの一部だけがちらりと見える。去年ここへ引っ越して公園の存在を知ったが、子供の頃の記憶にはない。

「あったよ、そこのソフトクリーム、公園で食べてる人をよく見かけた。だから児童公園なのに、制服の中高生が多かった気がするな」

いろんな味のソフトクリーム屋さんは、今は色あせたひさしもよく見ればトリコロールカラーで、当時はなかなかおしゃれな雰囲気だったのかもしれない。駄菓子屋に集まる小学生とは違って、もう少し背伸びしたい年頃の子が好みそうな、そんな店だったに違いない。

「そういえば明里ちゃん、今日は休みなんだ？」

また歩き出しながら秀司が言った。

明里の仕事は、店の定休日の他にはローテーションで決まるため、不定期なのだ。

「うん、だから買い出しに行ってた。まとめ買いしちゃったから、重いでしょ？」

「重いっていうか、これ何？　ずいぶん大きな瓶だね」

「うん、ラズベリージャム。安売りしてたんだ」

「好きなんだ？」

「甘酸っぱくておいしいでしょ。それにラズベリーって何だかかわいいじゃない？　パンにつけるだけでヨーロッパのカフェの気分、……を味わえるような気がする」

「ふうん、このジャム、ちゃんと粒が残ってるんだね」

「そう！　ホットケーキにホイップクリームと一緒に乗せると、自分でつくったとは思えないくらいおしゃれになるの！」

「今度食べさせてよ」

「……いいけど、ホットケーキ用の粉を焼くだけだよ？」

「あれ、手軽でおいしいよね」

ああまた、素直に食べてほしいって言えばよかった。ひそかにため息をつくしかない。

そんなふうでも、秀司は明里が快諾したと受け止めてくれるから幸いだ。

「じゃあ約束だよ。そういえば今日は、ラズベリーに縁があるなあ」

「他にもラズベリーで何かあったの？」

「そんな模様のある時計をあずかった」

「修理に？　子供の時計なの？」

「いや、アラームのついた置き時計だから、子供向けっていうよりはカントリー雑貨が好きな女性の部屋にありそうな時計。トールペイント、っていうのかな、外側の木製の部分にラズベリーの花の絵が描いてあるんだ」

　トールペイント、といえば、〝サクラ毛糸店〟にそういった小物がたくさんあるから想像できた。そして明里は、さっき酒屋さんに聞いたことを思い出す。

「もしかしてそれ、宝果堂さんの？」

「えっ、何で知ってるの？」

「ええと、さっき酒屋の奥さんが、宝果堂の保さんのこと心配してて、秀ちゃんのお店に入っていったのを見たって言ってた」

「ああ、そっか。保さん、元気なかったからね。酒屋さんはお隣だし、気になるだろうな。時計は直せるって言ったら、少しはほっとしてたけど」

「もしかして、葉子さんの時計かな」

「そうみたいだよ。棚から落ちて動かなくなったって言ってたけど」

「夫婦ゲンカの原因？」

「さあ、でも、文字盤のカバーが割れてて、派手にぶつけたような感じなんだ」

　だとしたら、それを壊したのは保さんの方だろうか。奥さんの大切な時計を壊してしまってケンカになったのだろうか。

「保さんと葉子さん、駆け落ちだったたって本当？」

「それ、明里ちゃんも気になるの？」

噂話を持ち出したことは、興味本位で彼らの夫婦ゲンカを面白がっているように聞こえたかもしれない。けれど、二人のことが気になる理由を秀司に言ってもいいのかどうか、わからなくて明里はごまかすしかなかった。

「う、うん、まあ。商店街では若いご夫婦でしょ。葉子さんは、わたしにも気さくに接してくれるし、年齢も近いじゃない？　見かけないと淋《さび》しいし、早く帰ってきてほしいから」

駆け落ちとは関係のない言い訳だったと後悔する。明里の心配をよそに、淡々と答えた秀司の言葉は、思いがけないものだった。

「その噂は、ちょっと違ってるみたいだよ。葉子さんは別の人と駆け落ちするはずだったって、保さんに聞いたことがある」

もなかのパリパリした感触がのどに引っかかるように感じながら、明里は小豆アイスの最後の一口を飲み込んだ。

「……別の人と？　結局、その人とは別れたの？」

「だろうね。保さんと結婚したんだから」

そんな話をしているうちに、飯田時計店とヘアーサロン由井が見えてきていた。小豆アイスも食べ終えた。スーパーの袋を明里に返しながら、秀司は言う。

「今日、晩ご飯食べに来る？」

「あ、今日は編み物教室なんだ」

「サクラ毛糸店の？　そっか。じゃあ、また今度」

　立ち去る彼を目で追いながら、いろんなことが頭をよぎる。秀司がいつも、ご飯でも何でも気軽に誘ってくれるのはうれしいのに、用事があって行けなくても、うれしいとだけは伝えたいのに、うまく言えない。伝えられないと、彼ががっかりしているのではないかとも思う。

　相手をたくさん知りたいと思うほど、自分のこともたくさん知ってほしくなるのに、うまく言えない。

　以前の恋は、気持ちのすれ違いが重なって終わってしまった。長くつきあっていたのに、彼の心変わりに気づけなかった。彼が明里のためにと、仕事の昇進を口利きしていたことにも気づかず、自分の力だと思い込んでいた。

　言わなくてもわかっている、わかってくれる、そんな思い込みの中で、ずれがどんどん大きくなってしまったのだから、心変わりした彼を責めることはできない。

　今ならわかるけれど、ふられたときはわからなかった。

　秀司と出会って、はじめて変わりたいと思った。彼には、ちゃんと自分の気持ちを伝えていきたい。好きなこと、うれしいこと、大事にしたいこと。

でも、そんな些細《ささい》なことがいちばん難しい。自分を省みる間もないほど速く、日常は過ぎ去ってしまう。小さなすれ違いは、いつの間にかそれぞれの距離を遠ざけてしまう。

もう、そんな思いはしたくないのに。

葉子さんは、別の人と駆け落ちするはずだった。それはケンカとは関係があるのだろうか。結婚をしたのに、以前の恋人のことがいまだにケンカの原因になるとしたら、葉子さんは今でもその人のことが忘れられないのかもしれない。

ひとり、ヘアーサロンの前で突っ立ったまま、明里はとりとめもなく考えていた。

2

サクラ毛糸店は、商店街の南のはずれにある毛糸屋だ。現在の店主は編み物教室をやっていて、教えている間だけひっそりと店を開いている。店は、生徒が毛糸や道具を買うためにだけあると言ってもいい。主に夕方から夜の営業なので、昼間に閉まっている店は一見廃業しているかのように見えるだろう。

しかし、午後六時になると、シャッターが開いて電気が灯《とも》る。透明なドアに、花模様の縁取りがある〝OPEN〟の文字がぶら下げられる。その木製プレートや、毛糸が入った木箱や棚に施された模様は、トールペイントという手法で、店主の手による作品だ。そんな店に今夜も、編み物を習いに女性が集まる。明里もちょっとしたことで店主と知り合いになり、つい最近編み物をはじめることにした。まだ簡単な物しか作れないが、やってみるとなかなか楽しい。

明里が店へ入っていくと、何人かが作品を見せ合っていた。店舗の奥に教室はあるが、講習が始まるまでは店で話を弾ませている。そんな中、明里が目を留めたのは、棚の前に立って新しい毛糸を品定めしている女性だった。

ここでは明里が最年少だが、次に若いのが彼女だ。三十二歳だと聞いた。髪をきりりとひとつに束ねていて、化粧っ気もあまりないが、目のぱっちりした明るい顔立ちが印象的だ。商店の女将《おかみ》さんらしく、口調もきっぱりしているけれど、何というか色っぽいところがある。とてもしっかりしているのに、男の人が放っておけなくなりそうな、そんな雰囲気の人だった。

「葉子さん、今度は何を編むんですか？」

「うーん、何がいいかなあ。町内会のバザーに出そうと思うんだけど、このサマーヤーン、いい色じゃない？」

そう言って、明里の目の前で微笑むその人が、宝果堂の家出をした奥さん、葉子さんだ。彼女の居場所を、実のところ明里はすでに知っていた。教室には商店街の近くに住む人が多いが、ここだけの秘密になっている。これまでも彼女は、家出をするとここに通っている友人の家へ泊まったりしていたようで、秘密が漏れないのは教室内の仲間意識が成せる技だろうか。新入りの明里も、当の葉子さんから内緒にしてと言われている。

「そうですねえ、ざっくり編みのストールとか」

「あー、いいかも。手触りもさらっとしてるし」

そこへ店主のサクラさんが近づいてきて、葉子さんに声をかけた。サクラさんと呼ぶのは、もちろん店の屋号からだ。

「葉子さん、まだ家へ帰ってないんですって？　そろそろ帰ってあげたら？　ご主人、お見かけしたけど、なんだか暗い顔してたわよ」

「あんな顔なんですよ」

と、断言する葉子さんは、まだ怒りがおさまっていないようだ。

「まあまあ。そうだ、これ、このあいだ見たいって言ってたトールペイントの本。初心者向けだからわかりやすいわよ」

手にしていた本を、葉子さんに手渡す。サクラさんはすぐに誰かに呼ばれて立ち去ったが、受け取った本を手に、葉子さんは困惑しているように見えた。

「トールペイント、始めるんですか？」

「うーん、でも急に気が変わっちゃって」

浮かない顔をする彼女にとって、それは夫婦ゲンカを思い出させるものなのだろうか。壊れた時計も、トールペイントでラズベリーが描かれていたという。

「トールペイントの時計、葉子さんのですよね」

するとと彼女は、ますます戸惑いを顔に浮かべた。

「保さん、ラズベリーの絵柄がついた置き時計を修理しに、飯田時計店へいらっしゃったそうです。葉子さんの大事なもの、直そうとしてるんじゃないでしょうか」

「……そっか、あなた秀司くんとつきあってるんだもんね。ねえ、彼は思い出を修理できるの？」

そんなふうに訊く人は、修理をしたい過去があるのだ。明里もそうだったから、わかる。

「そんなわけないか」

ばかばかしいと思っていても、どこかで期待している。

「あ、今日時間ある？　後でお茶でもしない？」

たぶん葉子さんは、時計に関して何か言いたいことがあるのだろう。

＊

編み物教室が終わってから、明里は葉子さんと商店街から外れた道を歩いた。たどり着いたのは、住宅街にぽつんとあるケーキ屋だった。表にケーキ&カフェと書かれた黒板が置いていなければ、普通の家だと思うだろう。歩いたのは十分くらいだが、穴場だから商店街の人と会う心配はないと彼女は言った。

「ここね、うちがフルーツを卸してるの。どのケーキもなかなかよ」

カウンターの中にいた人と明るく挨拶を交わし、葉子さんはテーブル席に着く。ケーキのメニューは、たしかにフルーツを使ったものが多かった。

「今日のおすすめは……、フランボワーズのムースとチェリーのタルトなんですね。どっちもおいしそう」

メニューにはそう書いてある。

「葉子さんはいつも、ショートケーキですよね」

店の人が言った。

「うん、わたしはいつものね」

結局明里はチェリーのほうにする。フルーツが単なる飾りではなく、主役といったケーキだったから、この店を気に入っている葉子さんは宝果堂にも誇りを持っているはずだ。仕事を放り出して家出しているのは、本当は心苦しいのではないだろうか。

「あの時計ね、結婚する少し前に買ったの。朝の早い仕事だから、気持ちよく起きられるように、気に入った目覚まし時計が欲しいと思って」

イチゴをたっぷり使ったショートケーキを食べながら、葉子さんは語りだした。

「壊れたのは、保さんが……？」

「ううん、わたしが壊したの」

「時計、直るそうですよ」

しかし葉子さんは、気に入って買ったという時計に対し、ちっともうれしそうな様子を見せなかった。

「どうして直そうなんてするのかな。あんな時計、買わなきゃよかった」

そうとまで言ったのだ。


葉子さんと保さんは高校の同級生で、通っていた塾が一緒だった。塾といっても、引退した教諭が自宅で教えているという規模のもので、同じ学年で毎回集まるのは三人だけ。そう、もうひとりは、保さんの幼なじみで親友の、若本光一《わかもとこういち》さんだったのだ。目立つタイプで成績もよく、彼は校内でも人気者だったという。

融通が利かないくらい生真面目で、羽目を外すことのない保さんと、何でも気分次第で明るく周囲を振り回す光一さんは、正反対なところが多かったが、お互いが足りないところを補い合うように仲良くしていた。同じバスで通学していたこともあって、葉子さんは自然と彼らと仲良くなっていったようだ。一緒に勉強をし、悩み事を相談したり遊びに行ったり、何かと三人で行動することが多かった。

保さんの家があるこの商店街へは、学校帰りに訪れて、よくぶらぶらしていたそうだ。ソフトクリームの店に寄って、そばの公園で話し込んだりもした。そんな話に明里は、あのかすれたフルーツの絵やトリコロールのひさしが鮮やかな色をしていた頃を想像した。

やがて高校を卒業する時がやってきたが、その直前になって、葉子さんは光一さんに告白された。別々の大学に進学が決まっていて、淋しい気持ちだったから、葉子さんは純粋にうれしかったそうだ。大学へ行っても、光一さんとつながっていられる。それはもちろん、保さんとも三人でつながっているという意味だった。

けれど光一さんとの交際は、一年ほどで終わった。遠距離で思うように会えないと、気持ちがすれ違ってしまうからという理由で、友達に戻ることになった。

結局、三人の関係は、高校時代とさほど変わらなかった。休みに地元へ帰ってくれば三人で集まった。葉子さんは、それなりに大学生活を楽しみ、新たな恋人もできたが、卒業とともになんとなく別れ、実家に帰って就職した。彼氏をつくるよりも、気心の知れた三人で過ごす方がずっと楽しかった。

保さんは、市内の会社に就職していたが、実家の果物屋を継ぐことを考えていた。光一さんは医者になっていた。彼が父親の医院を継ぐために医学部へ行ったことは、葉子さんも保さんもよく知っていた。

　そんなある日、葉子さんは光一さんに呼び出された。いつもは三人で集まる居酒屋に、そのときは二人だけだった。大学病院を辞めたいんだと彼は言った。やりたいことができた。ＮＧＯに加わって、海外の医者のいないところで働きたい。だから一緒に来てくれないかと言うのだ。

　これまで、海外へ行きたいなんて話は聞いたこともなかったから、葉子さんは驚いた。いつから考えていたのだろう。そもそも本気なのだろうかと葉子さんはいぶかったが、彼は葉子さんに、いつでもそばにいてほしいと、そう思えるのは結局おまえだけだと言ったのだ。

　葉子さんがまず思ったのは、勤め先でいやなことがあったのだろうかということだった。

『光一のやつ、組織の中でうまくいってなかったみたいだ。あいつ、言いたいことを胸に秘めておけないタイプだから』

　後に保さんはそう言った。彼も突然、光一さんから海外へ葉子さんを連れていくという話を聞いたらしいが、それ以前からちょくちょく悩みをうち明けられていたのだろう。

『それに、上司の娘と縁談があって、親が乗り気でどんどん進められているとか言ってたな』
それなりにもてる光一さんは、曖昧《あいまい》な言動でトラブルを引き起こすことが多々あった。女性の好意をきっぱりと断れないのだ。葉子さん自身も、つきあっているときはそれで苛立《いらだ》つこともしばしばだった。
しかし、だとすると彼の両親は、息子が外国へ行くことも葉子さんとの結婚も許しはしないだろう。

「お坊ちゃんで、苦労をしたことなんてない人」

葉子さんは明里にそう言った。

注目を浴びるのが好きで、実際に目立つタイプだったから、いつも華やかな場所にいた。でもそういうのは疲れることもあるのか、葉子さんや保さんと一緒にいるときは、飾らない自分でいられると言っていた。

「飾らない彼は、本当にダメな人だった。お調子者で、おだてに乗せられては失敗するし、ドライブの行き先は決められないし、いやなことがあるとすぐ落ち込んで泣き言ばかり。ま、その落差がかわいいっていえばそうなんだけど」

三人の中でリーダーだったのは、本当のところは保さんだったのだ。

「連絡を取り合うのも、みんなが楽しめそうな場所を見つけてくるのも、テスト前に集まって勉強するのも、保が中心だった。高校の同級生は、光一が地味な友人を引っ張っているように思ってたでしょうね」

でも葉子さんは、ダメな光一さんも好きだった。保さんとは何かとケンカも多い彼女だったが、光一さんとはおおらかに接することができたのだという。だから駆け落ち話も、頭から否定する気にはなれなかった。

光一を支えてやれるのは、わたしたちだけだ。やめた方がいいなんて言ったら彼は傷つくだろう。

思いつきで周囲を振り回すことはたびたびでも、本当の彼は、周囲が自分の言動を面白がっているだけか、受け入れてくれているのか、気にしているところがあった。

「保は、どんな光一でも受け止めてきた。だからこそ親友であり続けたの」

葉子さんも、保さんと同じようになろうとしたのだ。

光一さんは、それからも言動を翻《ひるがえ》す様子はなく、本気に見えたという。そして葉子さんに返事を求めた。決心してくれるなら、あの公園へ来てほしい、と。

『ラズベリーのソフトクリーム、久しぶりに食べたいな。よく一緒に食べたよな。ラズベリーが好きなのは変わってないだろう?』

児童公園のそばの店には、めずらしいことにラズベリー味のソフトクリームがあった。

光一さんはラズベリーが好きで、葉子さんもそれが気に入っていた。二人でいつも、そればかり食べていた。保さんはというと、バニラソフトだった。作り物のフルーツの味は好きではなかったようだ。

『僕たちは、もともと気が合うんだ。今度こそうまくやっていけるよ』

思い出の、ソフトクリームの店。光一さんは、そこで葉子さんからの返事を聞きたいという。ラズベリーの味を懐かしく思い出せるのは二人の共通点だから、あえてラズベリーソフトを食べようと、二人だけで会おうというのだ。

『あの店、まだあるの？』

葉子さんはそのとき光一さんに問うた。卒業してから何度か行ったことはあるが、商店街はずいぶん店が少なくなったし、その店も昔のようににぎわってはなくて、色鮮やかに見えた装飾もソフトクリームもくすんでいるようで、しだいに足が遠のいたのだ。

保さんの家へ遊びに行って、商店街を通っても、ソフトクリームの店へ寄ろうとはしなくなってずいぶん経つ。高校を卒業してしまえば、それぞれ生活が変わる。話題の店もおいしいものも、情報はいくらでも手に入るし、出かける場所も変わっていった。

毎日のように通った店でも、三人の話題にも上らなくなっていたから、懐かしい店名と葉子さんのラズベリー好きをおぼえていた光一さんの提案に、昔の気持ちが少しばかりよみがえったかもしれない。彼に告白されて、ときめいた頃の気持ちが。

『あるんじゃないかな。思い出の店だから、きっとあるよ』

いつもの浮かれた調子で光一さんは言った。

『これからも一緒にラズベリーを食べる気になってくれるなら、来てほしい』

よく考えてくれと付け加えて、日時を指定した。五月のある日だった。

光一さんと行く国には、ラズベリーの赤い実がなるだろうか。そんなことを考えながら、葉子さんは公園へ向かった。彼が喜んでくれる顔を想像した。親の医院を継がずに、二人で遠くへ行く。彼はもう、親の七光りも財産も当てにできない場所で、自力で歩いていく。ささえることが葉子さんの役目だ。

商店街の角を曲がると、ソフトクリームの店が見えた。けれど、通りに面したカウンターは閉まっている。日よけのパラソルもなく、ソフトクリームの形をした看板もない。近寄ってみたが、明日になれば開くような雰囲気ではなかった。もう何か月も、カウンターの上のシャッターは開いていないに違いない。

ラズベリーのソフトクリームを、光一さんと一緒に食べることはできない。そのときからひとつの予感を胸におぼえながら、葉子さんは児童公園へ向かった。

ベンチに座って待った。約束の時間は十分すぎ、三十分すぎ、一時間と過ぎていっても、光一さんは現れなかった。それからも、葉子さんはずいぶん待っていた。

ああ、やっぱり駆け落ちも海外も、単なる思いつきだったんだ。どうしようもない奴《やつ》。

自分から進んで苦労なんてできないくせに。縁談にしたって、いやならきっぱりと断ればいいのに、短絡的に駆け落ちだなんて言い出した。そんな人が、本当に駆け落ちなんてできるはずがなかったのだ。

冷静になれば葉子さんは、こうなることはわかっていたような気がしていた。だから、彼女はここへ来た。彼女自身も、いきなり外国へ行って生活するなんて、簡単に決められるはずもないし、家族にも反対されるに違いないとわかっていながらここへ来た。もし光一さんが現れたらどうするつもりだったのだろう。

わからない。どのみち、彼は現れなかった。

うなだれてじっとしていた彼女の前に、そのとき誰かが立った。はっとして顔を上げると、そこにいたのは保さんだった。

彼は、アイスクリームのコーンカップを両手にしていた。よくある淡いピンク色の、マッシャーですくったまるいアイスが、三角のコーンに乗っかっている。ひとつ葉子さんに差し出して、彼はむっつりした顔つきのまま言った。

『ラズベリーのアイスがどこにもなかった。このごろはソフトクリームの店もあんまりないし』

ラズベリーを探して、結局イチゴのアイスを買って、ここへ来たのだ。それはつまり、保さんが光一さんから、何もかも聞いたということだった。ここで葉子さんと会う約束も、ラズベリーのソフトクリームで乾杯するように将来を誓い合うはずだったことも。

　葉子さんはおかしくて笑った。

『あいつ、やっぱり怖じ気《おけ》づいたの？　あなたに尻拭いを頼んだわけ？』

　笑いが止まらなくて、おかしいのに、涙も止まらなかった。

　それからは、三人で集まることは二度となかった。少なくとも葉子さんが光一さんと会うことはなく、彼が遠方の大学病院へ転勤したとだけ耳にしたが、それ以上は自分から保さんに問うこともなかったし、保さんも以前のように彼と頻繁に連絡を取り合っているようではなかったかもしれない。


「今思えばあのときが、わたしのはじめての恋を、長い長い初恋を、失ったときだったのかな」

　彼女にとって、光一さんは初恋の人だったのだろうか。一度はつきあって、別れてもゆるくつながっていた。そんな関係が完全に断ち切れたとき、本当の意味で失恋をしたと思ったのか。

「あんまり長かったから、自分でも失うってことを理解してなくて、だけど失ってしまったあのときから、もう恋はできなくなったの」

「でも、保さんは……」

ずっと彼女のそばにいたのだ。保さんとは恋ではないというのだろうか。

「わたしがラズベリーの時計を大事にしてるのは、光一との思い出だから。保はそう思ってるくせに、これまでずっと黙ってた。わたしが光一のことを想っててもかまわないの。むしろその方がいいのかも。彼の大切な友人を想うわたしだから、結婚したんじゃない？　何より友情が大切だから、光一のために、わたしを慰めようとし続けてる」

ケーキはとっくに食べ終えた。明里の前にはコーヒーだけが置かれている。それがまだあたたかいのは、店の人がサービスでお代わりを淹《い》れてくれたからだ。葉子さんはジンジャーエールを飲んでいる。

「あのとき、公園にイチゴのアイスを買って現れたときから保は、まるで責任でも感じてるみたいにわたしを淋しがらせまいとした。無口なたちで、電話もメールも用件だけが普通だったのに、どうでもいいような用件をつくってがんばってたな。休日とか、食事とか、よく誘ってくれるようになって、まるで彼とつきあっているみたいだった。うん、わたしたちはただもう、長く続いてきた大切な関係を失いたくなかった。光一のように、離れてしまいたくなかったから、一緒に暮らしはじめて、それから籍を入れたの」

ケンカの原因は、結局光一さんのことなのだろうか。葉子さんは長い話をしたが、肝心の所は明里には見えてこなかった。光一さんを忘れられないから、葉子さんは保さんに苛立つのだろうか。

しかし、保さん自身が光一さんとの友情のために葉子さんのそばにいるなら、彼女はいつまで経《た》っても駆け落ちの傷が癒やせない。

「時計、本当に直さなくていいんですか？」

「明里ちゃん、彼が喜ぶだろうと疑わなかった贈り物に、戸惑った顔をされたらどうする？」

葉子さんの返事は飛躍しすぎている。

「わたしは頭にきちゃったのよね」

「はい」

「秀司くんとケンカしたことある？」

「えっ」

「まだラブラブだからないか」

困る明里の返事は期待していないのだろう。葉子さんはまた言った。

「ケンカは、一方的にふっかけたって意味がないよね。わたしはいつも、言いたいこと言って満足してたけど、保はそうじゃなかった。言いたいこと全部、胸の内に閉じこめてたのかな」

深くため息をつく。

「わたしが、思い違いをしてた。いろんなことはあっても、わたしたちは普通の夫婦になれると思ったけど……。時計は間違いの象徴なの。壊したって、過去の間違いは壊れない」

壊したかったのは、時計にまつわる過去のことだろうか？　ラズベリーという、光一さんとの思い出を引きずったまま、保さんと結婚したから？

「直さなくていいって、秀司くんに言っておいて。直したって、また壊すから」

最後にそう言うと、葉子さんの話は編み物のことに移り、もう保さんも光一さんも、名前すら出てこなかった。

3

その時計は、しっかりした木枠にはめ込まれていた。木は白っぽく、トールペイント向きの素材だと思われる。そして、素朴な筆致で白い花と赤い実が描かれていた。写実的と言うよりは装飾的で、レースやリボンのペイントに縁取られている。

「これ、ラズベリーなの？」

秀司の工房で時計を見せてもらった明里は、微妙な図柄に首を傾《かし》げた。簡略化された絵なので、ただの赤い実に見える。表面のつぶつぶした感じは、ラズベリーらしく描こうとしたのかもしれないが、イチゴの種を表現したようでもある。

「保さんがそう言ってたよ。ラズベリーはイチゴと違って木の実だし、花や葉っぱとかの特徴を見ればわかるって」

「へえ、ラズベリーって木なんだ？　さすが果物屋さんね。植物にも詳しいんだ」

「農園で買い付けたりもするみたいだからね。目にする機会が多いんじゃない？」

「それにしても、結局家出の原因は何だったんだろ。贈り物をよろこんでもらえなかったことかな？　それとこの時計と、どう関係があるのかわからないけど」

葉子さんと会って話したことは、一通り秀司にも伝えた。彼女が〝思い出の修理〟に期待しているかもしれないことも含めてだ。もちろん秀司には、人の過去を変えることなどできないが、時計をどうするかで二人の今後に影響があるかもしれないことは深く受け止めているようだった。

「保さんは、あくまで自分が悪いかのように言ってたけどね。それにしたって、また壊すって穏やかじゃないな」

眉をひそめる秀司は、時計がそんな扱いを受けるのが悲しいのだ。

「どうする？　直すの？」

「依頼人は保さんだから」

そこからして、葉子さんと保さんはすれ違っている。けれど一番の問題は、時計を直すかどうかではないはずだ。

葉子さんが親友を想い続けることを、保さんは黙認している。時計の図柄が、ただの装飾ではなくラズベリーだと、彼との思い出だと知っていたのに黙っていた。

結婚したのは親友のためだった。だから保さんは、彼女の家出をとがめられない。光一さんの罪悪感を軽くするためにも葉子さんを淋しがらせまいとしたのが本当なら、そういうことになる。

「別れた方がいいんじゃないの？」

太一が言った。明里が来る前から、彼は秀司の家でくつろいでいた。好奇心か、壊れた目覚まし時計を見に工房へ入って来たものの、夫婦ゲンカの話など退屈だったのか、分解された歯車を並べて遊んでいたくせに、唐突に口をはさんできたのだ。

「そんなこと、簡単に言うもんじゃないわよ」

「だいたいダンナはさあ、ヨメさんに帰ってきてほしいのか？」

そこが明里も気になる。保さんはたぶん、葉子さんがどこにいるか知っている。商店街の編み物教室だなんてわかりやすいところに通っているのだ。これまでの家出もおそらく同じ行動パターンだっただろう。積極的に捜していない様子なのは、すでに居場所がわかっているからだ。わかっていて、連れ戻そうとはしていないのだ。

「そりゃ帰ってきてほしいでしょ。でも、葉子さんに帰る気があるのかどうか心配してるんじゃないかな」

「そんな自信のないことだから逃げられるんだよ。恋愛は先手必勝」

なぜか偉そうに、太一はよく恋愛を語るが、彼が女の子と連れ立っているところは見たことがない。

「連れ戻したいなら早くしないと、その若本光一？って奴と会ってるうちに元鞘《もとざや》になるぞ」

「会ってる？　太一、それ、どういうことだよ」

「いや、会ってるんじゃないか？と思っただけ」

「何、単なる想像？　おどかさないでよ」

「だけどさ、そいつが現れたって考えると、今度のケンカがいつもとは違う理由が説明できないか？　医者なんだろ？　俺さ、市立病院で葉子さんを見たんだ。一週間くらい前だ。そこで二人が会った、としたらつじつま合うじゃないか」

一週間前というと、葉子さんが家出をしたのもそのころだ。

「じゃ、光一さんが市立病院に勤めてて、たまたま葉子さんは再会したってこと？」

「明里ちゃん、太一の憶測だよ」

「そう……だよね」

もっともらしいことを言うから、つい事実と混同しそうになる。

「太一、病院へ何しに？」

秀司はその点、冷静だ。ひとつひとつ事実を確認しながら状況を考える。ひとつの正確な動きしか、次の動きを生み出せない時計を組み立てるかのように。

「学校の近くだし、敷地を通ると近道なんだ」

「じゃ、葉子さんをどこで見た？」

「売店」

「病院の？　太一くん、敷地を通るだけでなくて売店で買い物してるんだ」

「立ち読み。作務衣《さむえ》だと、患者かと思われて追い出されない。コンビニはなんか、不審な目で見られるんだよな」

どうして買わないのかな、と明里は思う。

「売店は病棟の方か。見舞い？」

「あとで会計に並んでたから、診察じゃないか？」

「えっ、どこか悪いのかな。……元気そうだったけど」

編み物教室でもいつもどおりにぎやかだった。ケーキ屋さんでもよくしゃべったし、しっかり食べた。

「べつに病気じゃなくたって病院くらい行くさ」

「病気じゃないって、何？」

「中耳炎とかおできとか」

「それ病気でしょ」

太一とのしようもないやりとりの間に、店のドアが開く音がした。工房のガラス戸を開けて、秀司が店の方へ出ていくのを目で追った明里は、入り口に立つ保さんの姿に目を留めた。

よく日焼けした顔に、きりっとした太い眉が乗っかっている。Tシャツにジーンズ、おまけにキャップをかぶっているからずっと若く見える。彼は工房にいる明里の方をちらりと見て会釈する。

「由井さん……、ヘアーサロンにいなかったから、こっちかと思ったんで」

どうやら明里に用があったらしい。

「うちのが昨日、由井さんと歩いてるのを見たって人がいて、それで、話を聞きたいと思ったんだ。いきなり申し訳ない」

ご近所の目は侮れない。たぶん葉子さんは、編み物教室に来るたび誰かに目撃されていただろう。保さんは、やはり彼女の居場所を知っているのだ。

「はい、葉子さんに会いしました」

接客用の応接セットに秀司と並んで腰をおろし、明里は保さんと向かい合った。

「あいつ、どんな様子だった？」

「特に変わった様子は。ただ、時計は直さなくていいって、もし直ってもまた壊すって言ってました」

そうか、と言いつつ、困惑しきったのかうなだれた。そうして、思い切ったようにつぶやく。

「秀司くん、思い出は、直せるものなのか。時計の代わりに……」

明里は秀司と顔を見合わせた。

「葉子さんとの思い出を、ですか？」

秀司が静かな声音で問う。

「彼女と、もうひとり、学生時代の友人と、三人の思い出を」

「その友人は、葉子さんが駆け落ちしようとした人……ですよね。すみません、昨日、そのことを少し、葉子さんから聞いたもので」

明里の言葉に、保さんは小さく頷《うなず》く。

「あいつは、駆け落ち相手のことをずっと想ってて……。だからもう、気持ちを偽っておれと一緒にいるのはいやになったのかもしれない」

「もしそうだとしたら、彼女のこと、許せませんか？」

「いや、許せないのは自分なんだ。あのときから、後悔ばかりしている」

そして、ひざに置いた拳に力を入れた。

その後悔は、光一さんの身代わりのように葉子さんと結婚したことだろうか。

「もしも時間が戻せるなら、あのときおれは、光一を殴ってでも葉子の元へ行かせるべきだった。今さらそう気づいたんだ」

でも、時間は戻せない。だから保さんは苦しんでいる。彼女を迎えに行けない。

古い振り子がゆれる音とともに、途切れることなく時間は進んでいく。時計に囲まれた店内にいると、時間が肌で感じられる。誰もが黙り込んだこの静かな空間でさえ、留《とど》まることのできない流れにさらされていることにふと気づいてしまうと、不思議で、少し恐ろしくて、不安になる。けれどこの乱暴な、あらがえない力で過去から未来へ、皆が押し流されているからこそ、進んでいけることもあるのかもしれない。

「僕が直せるのは時計だけです。でも、思い出は直せると思います。できるのは、当人だけです」

秀司はそう言った。不思議な言葉だったけれど、明里にはよくわかった。

「……いや、いいんだ。何もかももう遅いってのはわかってる」

しかし彼には気休めに聞こえたのだろう。

「遅くなんてないです！　保さんは、葉子さんと別れたいんですか？　本当にそうなってもいいと思ってます？　そうでないなら、今ならまだ修復できます。このことが、つらくても修復しようのない記憶になってしまっていいんですか？」

明里は半ば身を乗り出していた。

「若本光一さん、市立病院に来ていませんか？　彼はお医者様なんですよね。葉子さん、病院にいたらしいんです」

思い切って言うと、これまでほとんど反応の鈍かった保さんが、はじかれたように顔を上げた。

「まさか……」

葉子が、とつぶやきながら、彼は落ち着きなく頭を振った。

「……帰るよ。いろいろ、その、変な相談して悪かった」

動揺を取り繕うようにそう言い、唐突に彼は帰っていった。

「いいのかな、あれ。うろたえてたよ」

秀司が言う。葉子さんが光一さんと会う可能性を、保さんは考えたことがなかったのだろうか。そもそも、彼女が駆け落ち相手を想っていても、ラズベリーに思い入れがあっても、受け入れようとしていたみたいだったのに、実際に会うのはさすがに困るということだろうか。

「まずかった？　でも、動揺するんだから、このままでいいとは思ってないよね」

「明里ちゃんは、ときどき、大胆だよね」

それは明里の欠点であるかもしれない。けれど秀司は、最初からそういう明里を否定しなかったから、思い出を修理するという不思議なプレートを信じられたし、新しい未来へ踏み出すことができた。

そして秀司は、まだ店にあのままのプレートを置いている。それが明里を、彼自身を救ったように、どこかで誰かの救いになるかもしれないからだ。

葉子さんと保さんも、飯田時計店の、〝おもいでの時　修理します〟というプレートに何かを求めている。あの言葉には、人を動かす力がある。そんな気がするから、彼らが一番大切なものを見失うことがないようにと願わずにはいられない。

「恋愛は先手必勝、でしょ、太一くん」

工房を明里は覗き込むが、いつのまにか太一の姿は消えていた。

「あれ？　帰っちゃった？」

「まったく、神出鬼没だから」

秀司は工房へ戻り、何やら考えながらラズベリーの置き時計を手に取った。

「それ、どうするの？　結局、直していいかどうか返事をもらい損ねたね」

「直すよ。たぶん、壊されることはないと思う」

なぜか彼は確信しているようだった。

4

翌日、仕事帰りにサクラ毛糸店へ寄った明里は、葉子さんとまた遭遇した。彼女も明里と同様、教室の日ではなかったが、毛糸を買いに来たようだった。

「昨日、保さんが葉子さんの様子を訊きに来ましたよ。心配してるみたいだし、ちゃんと話した方がいいんじゃないでしょうか」

しかし明里の言葉には答えず、葉子さんは唐突なことを口にした。

「ねえ明里ちゃん、思い出を修理してほしいなんて、少しでも考えたりしたから、とても信じられないようなことが起こるのかな」

「信じられないようなこと、ですか？」

「あの人を見つけたの。光一を」

「えっ、本当ですか？　どこで」

「市立病院。病室の前に彼の名前があったの」

どうやら二人はまだ会っていなかったようだが、光一さんが病院にいるかもしれないという太一の想像は当たっていた。ただし、医者としてではなく患者としてだ。

「入院してるんですか？」

「それは……、よくわからないけど」

と彼女はひどく困惑している様子だったが、まっすぐな目をして決意を口にした。

「わたし、彼に会ってみようと思うの。話したいことがあるんだ。話せたら、後悔だらけの過去を変えられるかもしれない」

「ひとりで、大丈夫ですか？」

保さんのあのうろたえ方を思い出すと、葉子さんが二人だけで以前の恋人と会うのはどうだろうという気がした。でも、場所は病院だ。相手が患者なら、よけいな誤解を招くことはないかもしれない。

「うん、大丈夫よ。それにわたし、家を飛び出してからずっと、彼に会いたいって思ってた。きっと、ちゃんと話せる」

会いたいと思ってた、だなんて、保さんへの気持ちはもう変わってしまったのだろうか。しかし葉子さんがそう言うなら、明里がこれ以上余計な口出しをするわけにはいかなかった。

葉子さんと二人、毛糸を買って外へ出た。店の前に止めた自転車に鍵を差し込んだ彼女は、じゃあね、と明里に手を振り、突然その手を驚いたように止めた。

明里が振り返ると、サクラ毛糸店の向かい側、閉まったシャッターの前に保さんが立っていた。そこからゆっくり、こちらへ近づいてくる。少しだけ距離を置いて立ち止まり、葉子さんに声をかけた。

「葉子、そろそろ帰ろう」

怒っているふうでもなく、保さんは、ちょっと出かけていた先で帰宅を促すかのようだった。

「ううん、帰らない。だってまだ、わたしはあのときの、光一にふられて泣いてるわたしのままだった。だからあなたも、同情するばかりだったのよ」

「話したいことがあるんだ」

「わたしもあるよ。でも、まずあいつに話さなきゃならないの。だから、ごめん」

「おい、あいつって……」

葉子さんは逃げるように自転車をこぎ出していた。保さんは追いかけられずに立ちつくし、彼女を目で追うだけだった。

「由井さん、このあいだ、あいつが光一と会ったかもしれないって言ってたよね」

暗がりに紛れて見えなくなった葉子さんから、急いで明里の方に顔を向けた保さんは問う。

「いえっ、まだ会ってたわけじゃ」

「それはわかってる。会えるわけがないんだ」

どうしてそう、きっぱりと断言できるのだろう。わけがわからずぽかんとする明里に、保さんは付け足した。

「光一は、事故に遭って、ずっと意識が戻らない。ブラジルの病院にいるはずなんだ」

絶句した。意識が……ない？　ブラジル？　だったら、葉子さんが見かけたのは？

「じゃ、葉子さんが彼に会うのを心配したわけじゃないんですよね……」

「病院へ行ってたっていうから。前から、体調のこと言いかけたことがあって。あいつすぐに冗談めかしたけど、心配だし……、早く連れ戻した方がいいと」

「でも、葉子さんは光一さんが市立病院に入院してるって、これから会うって言ってたんです」

「光一が、市立病院に？　会うって？」

今度こそ光一さんのことで、保さんはうろたえたようだった。

「そんな、バカな。光一に会えるわけがないことは、葉子だって知ってるはずだ」

急ぎ足で歩き出そうとするが、そちらは病院とは反対方向だ。それに、徒歩で行くには少々遠い。

「保さん、病院へ行くならわたしも一緒に行きます」

そう言いつつもまず彼を落ち着かせようと、秀司の時計店へ促すことにした。

＊

駆け落ちの約束をすっぽかしたのち、光一さんは、黙々と遠方の大学病院で働いていたが、しばらくして突然に辞め、単身で海外へ渡ったらしい。NGOに加わり、南米の奥地で医者として働いていたことを、つい最近、事故の報《しら》せとともに、保さんは知ったのだった。

「葉子に光一が語った夢は、思いつきなんかじゃなくて、本気の夢だったんだ。駆け落ちも本気だったのかもしれない。なのにおれは、遅かれ早かれあいつが怖じ気づいて音を上げると、決めてかかっていた」

病院へ向かうワゴン車の中で、保さんはそんなことをぽつぽつと語った。保さんのワゴンだが、秀司が運転をした。保さんはもう落ち着いてはいたが、秀司が運転を申し出たらすんなり頷いたから、ハンドルを握る余裕はなかったのだろう。車でなら市立病院まで十五分ほどだ。保さんの言葉はゆっくりだったけれど、途切れることはなかった。

明里たちはただ聞いていた。

「光一のことを知ったのが先週だ。同級生から聞いた話だから断片的で、詳しいことはわからないけど、乗ってた車が崖から落ちたとか、そういうことみたいだ。葉子は呆然《ぼうぜん》としてたな」

『光一、海外で働いてたんだ……』

その日、いつものように仕事を終えて、晩ご飯を食べて、後片づけをしていたという。普段と何の変わりもない一日が終わろうとしていたけれど、保さんと葉子さんがそんな毎日を送っている間、光一さんは違う世界にいたのだ。

『せっかく夢を叶《かな》えたのに、事故に遭うなんてね』

『……きっとまた元気になるよ』

けれど光一さんは、入院したままもう三か月も眠り続けているらしかった。

『わたしたち、あんなに仲がよかったのに、光一の一大事を今まで知らなかったなんて、なんか、情けないよね』

その通りだ。保さんは、親友と心も距離も離れてしまったことを虚《むな》しく感じたが、同時に、葉子さんはもっとつらいのかもしれないと感じていた。

『一緒に、行ってやりたかったか』

問うと、葉子さんはびっくりしたように保さんを見た。

『何……言ってんの？　今ごろ……』

『あいつのこと、忘れたことなかっただろう？』

『それは……、保のほうでしょう』

『おれは、親友として』

『わたしは……』

何か言いかけた葉子さんは、ふと口をつぐんできびすを返した。そのときふらついたように棚に寄りかかった彼女に、驚いた保さんは手をさしのべた。

『おい、大丈夫か?』

腕に当たった置き時計がはね飛ばされ、勢いよく柱にぶつかる。あわてていた保さんは、はずれたカバーを踏んで割ってしまったが、それよりも座り込んだ葉子さんが心配だった。

『なあ、このあいだ、言いかけただろう? その、体調のこと。あれって……』

『何でもないよ。つまずいただけ』

葉子さんはすぐに立ち上がったので、保さんもそれ以上は口をつぐみ、落ちた時計を拾いあげた。

『壊れてしまったな。ラズベリーの時計』

すると葉子さんは、急に振り返って保さんをにらんだ。

『そっか、保はわたしと結婚したこと、後悔してるんだ。光一に本気で海外へ行く気があったなら、あのとき駆け落ちして連れていけばよかったのにと思ってるんだね』

なぜそんな話になるのかわからなかった。困惑する保さんが何か言おうとする前に、視線をそらした葉子さんは、そのまま家を飛び出していった。

日が長くなりつつあるとはいえ、外は急に暗くなっていた。目立つビルの少ないこの辺りでは、たかだか五階建てとはいえ市立病院の建物だけは民家の屋根の上に突き出して見える。整然と並ぶ窓の白い光が、家々の屋根より高い場所に浮かんでいる。ワゴンはそちらへ向かって進んでいく。

「保さん、僕は思うんですけど、あの時計はラズベリーではないんじゃないでしょうか」

秀司が唐突にそう言った。

「いや、ラズベリーだよ」

「ええ、間違いないのはわかりますが、植物に詳しくない人がみんな、ラズベリーだと思うでしょうか。そもそもラズベリーって、どんなふうに実がなるのか、どんな花が咲くのか、知らないことが多いんじゃないですか？　イチゴなら、草のような苗や花を一度くらい見たことがあると思いますが。もしかしたら葉子さんは、時計の絵をイチゴだと思っていたかもしれません」

「イチゴ？　そりゃ、わたしみたいな素人目にはイチゴにも見えたけど……、秀ちゃん、どうしてそう思うの？　もともと彼女がラズベリーを好きなのは確かだし、光一さんのこととは関係なくラズベリーの模様を選ぶことだってあるんじゃない？」

「だけど、フランボワーズのケーキを食べなかったんだろう？　ラズベリーのことだよね。フランス語で言うとそうなるってだけで」

「えっ！　うそっ、ああいうのって、いろんな種類があるから違うと思ってた……」

「由井さん、本当に？　あいつ、ラズベリーが何より好きなはずなのに、違うケーキを食べたのか？」

「はい……。その店ではいつも、ショートケーキを食べるって言ってました」

保さんは不可解そうに考え込む。

「葉子さん、家ではよくラズベリーを食べてましたか？」

秀司がまた問う。

「そういえば、見てないかもしれない。新鮮なラズベリーは一時期しか採れないし、国内では栽培農家も限られてるからうちで仕入れることはまれなんだ。イチゴならたくさんあるし、わざわざよそでラズベリーを買うこともなかったんだと思う。ケーキとか、おれはあんまり食べないから、あいつは友達と出かけたときにでも好んで食べてるとばっかり思ってた」

「じゃあ、イチゴは好んでたんですよね」

「とにかくベリー系は好きなんだ」

「ベリーの中でも好みが変わったのかな」

「意図して変えたんだと思う。ラズベリーは、光一さんとの思い出、でもイチゴは、保さんとの思い出だろう？」

保さんはまだぴんとこない様子で首を傾げた。

「イチゴ？　ああ、あのとき確か、ラズベリーのアイスを探したけど見つからなかったから……」

そのときから、葉子さんにとっていちばんのフルーツはイチゴになった。

結婚して、二人で切り盛りする果物店での仕事は朝が早いからと、目覚まし時計を買った。葉子さんにとって、保さんとの始まりだったイチゴの絵柄の時計を。なのに、保さんの知識ではラズベリーだった。そのことに気づいた葉子さんは、彼との間にずっと光一さんの影を引きずったまま暮らしてきたと気づき、家を飛び出した。

「まさか、それが葉子の思い出……？　あの時計も？」

はっと顔を上げて、急ぐように、保さんは助手席から前に身を乗り出す。フロントガラスの向こう、正面に病院が見える。

「葉子は、本当に光一と会うつもりなんだろうか」

葉子さんが名前を見たという光一さんは、あそこにいる。明里はちょっとぞくりとする。窓から吹き込む夜風はまだ少し冷たい。

「葉子は、おれに愛想を尽かしたのかな。結婚して四年もたつのに、光一のことを引きずってたのはおれだった。知らない間に、葉子を傷つけてきた。だから、光一はおれにはまかせられないと、葉子のところに現れたんだろうか……」

「そんな。葉子さんは、光一さんに会って話したいって、その気持ちが強くて、ちょっと病室の名札を見間違えただけですよ」

「会いたい……か。そうだろうな」

明里が慰めたところで、保さんは悲観的な気分から救われそうになかった。ようやくワゴンは、病院の駐車所へとゲートをくぐったところだった。

5

若本光一という人は入院していない、窓口で訊《たず》ねたところ、そんな言葉が返ってきた。とすると、たまたま同じ名前の人がいたわけではない。葉子さんは何を見たのだろうか。以前に売店で彼女を見かけたという太一の言葉を頼りに、その辺りに葉子さんがいるのではないかと明里たち三人は向かった。病棟は外来の奥だ。売店もその一画にある。廊下を少し先へ進むと、ナースステーションのそばにテレビやソファの置かれた談話スペースがあり、そこから廊下は二手に分かれていた。とりあえず一方へ進んでいくと、個室が並んでいるらしく、ひとつのドアの前には名札がひとつしかない。そんな部屋の前で、保さんは立ち止まった。

「これ……」

名札を凝視している。明里と秀司が覗き込むと、薄青い光に手書きの文字が浮かび上がる。

〝若本光一〟

確かにそう書いてある。しかし明里たちは、そこにいるだろう人物に会うことはできそうになかった。面会謝絶となっていたからだ。

「光一……、そこにいるのか？」

名前が同じでも、ここにいるのがブラジルにいる光一さんであるはずがない。しかし病室の、面会を拒むただならぬ雰囲気は、光一さんが今も意識がないまま治療を受けているというその様子を想像させた。

保さんのつぶやきは独り言でしかなく、病室からは何の返事もない。辺りに葉子さんの姿もない。しかし彼女がここへ来て、この名札を見たのは間違いない。会えるはずもないことはわかっていながら、話をすると言っていた。いったいどうやって、この病室にいる人と話すつもりなのか。

が、考え込む間もなく、保さんはきびすを返して歩き出した。明里は秀司と顔を見合わせ、彼についていくことにする。病棟から中庭へつながるドアをくぐり、外へ出ると、建物を見上げて確認し、歩き出す。どうやら彼は、さっきの病室の窓側へ向かっているらしかった。

　一階の病室だったから、うまくすれば窓から中の様子が見えるかもしれない。あたりをつけた窓は、外からは白っぽい光で暗がりに浮かび上がって見えたが、カーテンが閉まっているようだった。とすると、中の様子はうかがえない。しかし明里たち三人は、窓の手前にある植え込みのそばに人影を見つけて立ち止まった。

「……公園のベンチであなたを待ちながら、わたしね、考えてたの。あのソフトクリームの店で、どうしていつも、ラズベリーを選んだのか」

　葉子さんの声がした。植え込みを囲う石垣に腰掛けて、葉子さんが窓の内側にいるのかもしれない光一さんに語りかけているのだ。窓辺の、カーテン越しの光が、彼女の横顔を浮かび上がらせていた。

　声をかけられずに、保さんは手前の木陰で立ち止まる。葉子さんはひとり言葉を続けていた。

「同い年のいとこに誘われて、イチゴ狩りに参加したことがあるの。町内会で、小学生を対象にした企画だった。その集まりに来てた知らない子が、おいしいイチゴを見分けるのが得意でね、その子が取ってくれたのは本当に甘くておいしいの。魔法みたいねってみんな言ってた。そのときからよ、果物の中でイチゴがいちばん好きになったのは」

　葉子さんはごく自然に、すぐそばに光一さんがいるかのように語りかけていく。窓の向こうで聞いているのは、まったくの別人だろうか。だんだんと明里はわからなくなる。遠い異国で、危険な状態のまま治療を続けている光一さんが、ここにもいるのではないだろうか。同じように、点滴や呼吸器に繋がれて、ベッドに横たわって、懐かしい声に耳を傾けている、そんな気がしてくる。

「後になってわたし、その子の家が果物屋だとか、農家とのつてで町内会の企画を毎年手伝ってるんだとか知ったけど、学校も違うし、もう会うこともないと思ってた。でも、偶然高校が一緒になって、それで塾も一緒になって……。彼はわたしのことおぼえてないみたいだったけど、ただ、イチゴが大好きになったことを伝えたかった。イチゴだけじゃなくて、ラズベリーもクランベリーも好き。でも、あのソフトクリームの店で、どうしてラズベリーばかり食べてたのか、来ないあなたを待ちながら、公園にいたとき思い出したの。もちろんラズベリーソフトはおいしかったし、光一と好みが同じなのもうれしかった。イチゴよりもラズベリーの方が大人っぽいし、おしゃれな感じがしていいなと思ったこともある。だけど、ラズベリーを選んだ理由は単純なこと。あの店にはイチゴ味がなかったのよ。イチゴがあったらよかったのに、いつもそう思ってたことに、突然気がついたの」

はっとしたように、一瞬だけ保さんは身じろぎした。

「今でもイチゴがいちばん好き。イチゴ狩りに行ったときから。そんなことを考えてたら、だんだんわたし、待っているのは光一なのか保なのかわからなくなった。そうしたら、保が目の前に現れたの」

保さんも、葉子さんと同じ瞬間を思い浮かべているのだろうか。遠くを見るように目を細める。

「そのとき、わかった。わたしはいつも、保にはあまえてばかりだった。ケンカしてしまうのも、彼なら生意気なわたしも受け入れてくれると知ってたから。光一とはたぶん、姉弟みたいな感じで、しっかりしなきゃって気分だった。光一のこと大好きだったけど、保とは違う気持ちだった。だってわたしは、イチゴを保が取ってくれたのでなかったら、それほどおいしいと思わなかったかもしれない。彼の親友でなかったら、光一を好きには……」

葉子さんの深いため息が、淡くにじむ光に包まれた窓辺の木の葉を震わせる。

「……気づいて泣いたよ。わたし、保と同じように、ただあなたを支えたかった。それが、わたしと保の繋がりをゆるがないものにしてくれるから。だけどあなたにふられたわたしは、保にとっても価値のない女になる。もう彼とも友達でいられない。そのときわたしは、初恋が終わったんだと思って、そんな自分に驚いて、あきれた」

「ごめんなさい。光一、ずっとあなたに謝りたかった。つきあい始めた頃に、あなたは気づいたんだよね、わたしが誰を見ていたかを。だから友達に戻ろうって言ったんだね。

……それでももういちど、あなたは気持ちを伝えてくれたのに。わたし、少しもあなたをわかっていなかった。わたしが一緒に行くことは足手まといにしかならない。あなたが本気でやりたいことを、あなたをいちばんに思えないわたしが助けることなんてできない。そう思ったから、あなたはあの日、来なかったんでしょう？」

返事はない。それでも彼からの言葉に耳を傾けるかのように、しばし葉子さんは黙っていた。

「ねえ光一、あなたはわたしを傷つけてもよかったのに、保に、わたしのことを頼んだよね。保は生真面目だから、それに光一との友情が何より大事だから、わたしを助けてくれると思ったのよね。その通りになったよ。彼はあなたと約束したから、わたしのそばにいてくれる」

ようやく我に返ったように、保さんは硬直していた体を動かした。違う、と唇が動くが声にはならない。

「わたしは、保も利用して、傷つけてる。自分の気持ちを偽ってたばかりに、あなたたちの友情を壊して、保を縛りつけることになった。彼がちゃんと好きになれる人と出会える機会を奪っちゃった」

「違うんだ」

やっとのことで保さんが発した声が、静かな中庭に響いた。

「葉子、おれは……。光一との友情だとか、そんなんじゃない」

驚いた葉子さんが振り返る。保さんをじっと見て、うろたえたように立ち上がった。

「おまえのこと、光一から奪ったんだ。だから、おまえにとってあいつがいちばんでも、仕方がないと思ってきた」

「奪った……って？」

それは明里にとっても意外な言葉だったけれど、葉子さんにもぴんとこないらしく、オウム返しに問う。

「駆け落ちをやめろと言ったのはおれだ。これまで決められた道を進んできたあいつが、いきなり誰の援助もなくやっていけるわけがない。いずれ行き詰まって後悔する。葉子もつらい思いをする。そんなのはたまらないから、いやなことから逃げるために葉子を利用するなと言った」

苦しそうに、言葉を吐き出す。

「あいつ、驚かなかった。やっぱりおまえも。そう言った」

どうして今まであいつを放っておいた？　僕に遠慮してか？　と光一さんは逆に保さんを責めたという。

『おまえが何の行動もしないから、僕が葉子を連れていくことにしたんだ。おまえにならあいつをまかせられると思ってたけど、そうじゃないなら僕が連れていって何が悪い』

『だめだ。考え直せよ』

そのときばかりは、保さんも譲らなかった。

『葉子とは、一度は別れたけど、お互い嫌いになったわけじゃない。きっとイエスと言ってくれる』

『頼む、光一、無茶な思いつきにあいつを巻き込まないでくれ。おれが……、必ずあいつを守っていくから。だから、おれに譲ってくれ』

懇願する保さんを尻目に、無言でその場を後にした光一さんだが、葉子さんとの約束の場所へ行かなかったのだから、保さんの言葉を受け入れたのだろう。

「光一も葉子も、傷つけたのはおれだ」

葉子さんは、しばらくぼんやりと、うなだれる保さんを見ていたが、ゆっくり歩み寄り、手をのばした。

なだめるみたいにそっと彼の手に触れると、顔を上げた保さんは、何かからかばうように急いで彼女の肩を抱いた。カーテンの閉じた窓が二人の目の前にある。窓の向こうに、いや、遠くにいる光一さんに、彼は語りかける。

「光一……、ずっとおれは、おまえが葉子を取り戻しに来るかもしれないと思っていた。医者としての自信をつけたおまえが、やっぱり譲れないと来るなら、あのときのおれを責めるなら、自業自得だ。あきらめるしかないと思っていた。でももう、おまえにはやれない」

そうして、葉子さんの手をしっかりと握る。

「おれたち、子供ができたんだ」

驚く明里の隣で、秀司はちっとも驚いていなかった。

しかし明里も、やっと納得することができた。たとえ話として葉子さんが語った贈り物はそのことだ。保さんは、贈り物に喜ばなかったのではなかった。もう、葉子さんを光一さんに返すことなんてできないと気づいてしまって、動揺したのだ。でも、彼の内面を知る由もない葉子さんは傷つき、悩んでいた。そんな矢先、光一さんの事故を知り、時計が壊れ、彼女は家を飛び出した。

「自信をつけなきゃならなかったのは、おれの方だった。葉子を返すなんてことを考えてるおれじゃ、まかせられないとおまえが思っていても当然だった。だから、心配してくれたんだよな？」

葉子さんも、もういちど窓の方をまっすぐに見る。

「光一、あなたに会って、ありがとうと言いたい。きっと、また会えるよね？」

ふと風が吹いて、辺りの木の葉をやさしくゆらした。保さんと葉子さんの髪や頬を撫《な》でて通り過ぎていくと、窓ガラスとカーテンの向こうの、にじむような光が不意に消えた。消灯の時間だったのかもしれないけれど、保さんと葉子さんも、明里にも、そこに宿っていた光一さんの思いが、いるべき場所へ戻っていったかのように感じられた。

すっかり暗くなった中庭に、どこからか迷い込んだのか気の早い蛍がふわりと飛んで消えていった。

＊

保さんと葉子さんが帰っていくのを見送って、明里は秀司と二人、バスを待つことにして、ロビーの方へ通路を歩いていた。

「そっか……、子供が生まれるんだね」

大きな希望が宿っているのだから、誤解や罪の意識も、悲しいことも、きっと乗り越えられるだろう。

光一さんに宛て、手紙を書くつもりだと保さんは言った。必ず読んでもらえると信じていると。明里自身も、光一さんの回復を祈るとともに、彼の中にある保さんや葉子さんとの思い出が穏やかなものになることを願わずにはいられない。

「それで葉子さん、ここへ診察に来てたんだね」

「でも、秀ちゃん、驚いてなかったよね。知ってたの？」

「うーん、阿波屋酒店の奥さんが、前にそんなことを言ってたんだ。もしかしたらおめでたかもって」

「鋭いね、酒屋さん」

「そりゃ、子供が四人と孫が七人いるから」

「へえ、そうなんだ」

これから商店街は、宝果堂夫婦の赤ん坊の話題で持ちきりになるに違いない。

「ねえ秀ちゃん、光一さんは本当のところ、駆け落ち話を持ち出して、素直になれない二人の背中を押したのかな」

明里にはそんな気がしてしまう。

「そうだね。二人が両思いだと察して一度は身を引いたのに、二人とも友達のまま進展しないなんて、苛立っただろうからね」

駆け落ちだなんて、葉子さんのためにも保さんが認めるわけはない。保さんのことをよく知っていたはずの光一さんだ。なのに彼に、事細かに駆け落ちのことを相談していた。

結局、大切な二人のために去り、どこか遠くで彼らの結婚を知ったかもしれない彼は、満足していたことだろう。

通路の先に、ひときわ明るいナースステーションが見える。ロビーは手前を右に入ったところだが、ナースステーションの向こう側には若本光一の病室がある。

「でも、あの若本光一って、どんな人なんだろ。そんな名前の人は入院してないって言ってたのにね」

「読み方が違うのかも。……じゃくほんさん、とか」

「えー、そんなのあり？」

笑った秀司も、ちょっと苦しいと思っているのだろう。

「あれ？　太一だ」

ふとそう言って、彼はガラス窓の向こうを指差した。明里が目を向けると、茶色い頭が植え込みのそばを通り抜けていくのがちらりと見えた。

「何してるんだろ」

「通り抜けただけじゃない？」

「作務衣だったよ、学校へはあれで行かないみたいだから、またここの売店で立ち読みしてたのかも」

「もう売店も閉まるだろうし、追い出されたか？」

そんなことを言いながらナースステーションのそばをロビーのほうへ曲がろうとしたとき、看護師さんたちの会話が聞こえてきた。

「またいたずらですよ」

「また、石木大さんの名札？」

「ええ、勝手に書き足して、若本光一ってなってるんです」

「それ、石木さんが面白がって書いたわけじゃないのよね？」

「ご自分では、面会謝絶の張り紙しかしていないそうですよ」

「あれねえ、苦手な見舞客を追い返したいからって勝手に……。虫垂炎の経過は良好なのに」

「名札のいたずらは本当に知らないとおっしゃってました」

「いったい誰が……。困ったものね」

通り過ぎ、明里は秀司と顔を見合わせた。彼は眉をひそめ「太一か」とつぶやいた。

「あいつならやりそうな気がする」

確かに、若本光一という名前を太一なら知っている。葉子さんが病院へ来ていることも。

「でも、証拠はないし、訊いてもしらばっくれるよ、きっと」

「病院も石木さんも、そんなに迷惑はこうむってないみたいだからまだいいけど」

あきれたように言いながらも、秀司はおかしいのをこらえているようでもあった。

本当に太一なら、こんなふうに保さんと葉子さんを助けることになるとわかっていてやったのだろうか。いや、太一のことだ、何も考えていないに違いない。それでも、いたずらをしたのが誰にしろ、保さんと葉子さんにとって、過去を見つめ直すきっかけになったのは確かだろう。

「あとは、時計を直すだけだね」

「あの絵はどうするの？」

「トールペイントをやってるサクラさんに頼んでみよう」

ちゃんとイチゴの絵柄になった時計なら、葉子さんはまた使ってくれるだろう。

ロビーを出て、バス乗り場に立っている間、明里と秀司はどちらからともなく手を繋ぐ。もうしばらく、こうしていたいと明里は思う。

「バス、遅いね。ここのはよく遅れるからな」

秀司が、兄のためにつくった腕時計を見て言った。

「まだ来なくてもいいかな」

明里としては、かなり思い切って言ってみたから、怒っているみたいだったかもしれない。少なくとも、かわいい雰囲気には聞こえなかっただろう。

「そうだね」

それでも秀司がそう言ってくれてほっとする。

「今夜、家へ来る？」

明里の方を見て、彼はまた言う。明里も、ちゃんと彼を見ようとする。

「うん、そうしたい」

今度はもう少し、そっけないところなく言えただろうか。

「よかった」

こちらに向けられた笑顔がいつになく明るくて、うれしかった。ほんの少し気持ちを前に出すだけで、幸福になれるのに、ためらうなんてもったいない。そんなふうに素直に思えた。

夢の化石

1

閉店間際、射し込む夕日に店内のすべてが赤く染まって見える時間だった。壁に掛かるいくつもの柱時計が、時を告げる直前に、槌《つち》を動かすための小さな機械音をきりきりと響かせる。それが耳に届いたとき、ドアベルとともにひとりの客が入ってきた。

と同時に、一斉に店中の時計が鳴ったため、客人はたじろいだ様子でカウンターの内側にいた秀司に目を留めた。

「いらっしゃいませ。修理ですか?」

すべての音がおさまるのを待って、秀司は口を開いた。「ああ……、はい」と頷《うなず》いた中年の男は、作業着姿で帽子を深くかぶっていた。

「あの、ショーウィンドウのプレート……見たんですけど」

今ではなかなか耳にすることもない、古い時計の音に包まれ、セピアがかった光が視界を覆えば、彼の心は一瞬現実から引き離されたのかもしれない。ぼんやりとした顔でそんなことをつぶやく。

「ああ、〝おもいでの時〟ってやつですか？　もしかして、思い出の修理をご希望ですか？」

「えっ、できるんですか？」

「いいえ、僕は時計屋なんで」

我に返ったらしく、その人は軽く頭を振った。

「そう……ですよね。あ、私も時計の依頼です」

腕時計をポケットから出してテーブルに置く。受け取って、秀司はよく眺めた。確かに時間が合っていない。秒針は動いているが、長針が動かないようだ。

「あのプレートは、ちょっと、祖父の意向で。なんとなく僕もそのままにしてるんです」

「お祖父様というのは、もしかして以前の店主の？」

「はい、今は僕が継いでいます。祖父の店へいらっしゃったことが？」

「一度だけなんです。以前はこの近くに住んでいましてね。引っ越してずいぶんになりますが」

「そのときもこの時計を修理に出されたんですか？」

質問に、少しだけ彼が緊張したように見えた。

「ええまあ。父のなんです。子供の頃に亡くなったんですが、母が取ってあったので修理して使おうと思って。でも、そのときは機械式だとは知らなくて。電池切れだと思ってたら、ご主人に機械式だと教えられました」

「いい時計ですね」

秀司が言うと、肩の力を抜いて彼は微笑《ほほえ》む。気難しかった祖父が、時計の扱いについて厳しく言ったりしたのだろうか、と思うほど、彼は祖父のことで緊張していたように見える。若い孫しかいないと理解したからか、今度はいくらか饒舌《じょうぜつ》になる。

「商店街はずいぶん閉まってる店が多くなって、ここが開いてるのか不安だったんですけど、来てみてよかった。店の外観は変わってませんね。看板が目に入らなければ時計店だとはわからなくて、前に来たときも何度か通り過ぎたんですが、今日も通り過ぎそうになって、昔に戻ったみたいな気持ちになりました。あ、でも、店内は少し変わりました？」

「もう修理しかやっていないので、商品がないんです」

「ああ、それで。前は置き時計やショーケースがありました」

懐かしそうに彼は周囲を見回した。それから今度は、秀司と時計を心配そうに交互に見た。

「母が、今日は命日だったんですけど、生前は僕がこの時計をつけるとうれしそうにしてたんで、墓参りの時にはつけることにしてるんです。なのにうっかり落としてしまって。フレームの隅に傷がついただけかと思ったら、調子もおかしくて」

「大事な時計なんですね。状態を調べて見積もりを出しますので、いったんあずからせてください」

秀司が差し出した預かり証に、彼は名前と住所を記入する。新見《にいみ》というらしい。現住所は少し遠かったが、急に具合が悪くなった時計を急いで医者に見せるかのように駆け込んだここで、修理を依頼することに不都合は感じていない様子だった。

「元通りになるといいんですけど」

元通りにしてやりたい。もちろん秀司はそう思いながら頷いた。

＊

どこからか風鈴の音が聞こえる。工房の明かりを消して、一日の作業を終えた秀司がリビングの掃き出し窓を開けたとき、ふと聞こえてきたのがその澄んだ音色だ。やさしい高音に惹《ひ》かれ、窓際でしばし足を止める。

昼間はじとじとと雨が降っていたが、夜になって止んだようだ。湿気を含んだ空気はまだもやもやとしているが、ゆるい風がある分、さほど蒸し暑さは感じない。

一雨ごとに夏が近づいているのだろう。子供の頃、学校が休みになると祖父のこの家をたびたび訪れた。ここで夏を過ごしたことも多く、風鈴の音とともにそんな情景がよみがえる。

夜の静けさは昔と少しも変わらない。子供の頃の記憶を切り取って、目の前の風景にそっと置き換えられても気づかないだろう。昼間のにぎやかな商店街はすっかり寂れてしまったけれど、店がすべて閉まった時刻は、昔からこんなふうだった。

風鈴と、かすかに木の葉が鳴る音に重なって、家の中の時計たちが一斉に鳴った。これも祖父がいた頃から変わらない。そんな古い時計に囲まれていると、容易に過去へ戻れそうな気がする。

今はもう、過去へ戻ってやり直したいと思うことはなくなったけれど、会えない人に会いたいような、そんな気持ちにはさせられる。ひとりでいるとなおさらだ。同時に秀司は、もうひとり会いたい人を思い浮かべていた。

会えない人ではない。いつでも会える人だけれど、ふと顔を見たくなる。古い時計の音を聞きながらも、過去だけではなく今のことを考えさせてくれる人が思い浮かぶとき、喪失感は暖かい毛布でくるまれて、やさしい安堵《あんど》がもたらされる。

秀司はほっと息をつく。時計の音が止むと同時に玄関のチャイムが聞こえ、ゆるりと首を動かす。たった今まで周囲に満ちていたおだやかな空気をかき乱すように、せわしなくチャイムの音は繰り返された。

そんなふうに何度もしつこく鳴らすような客は太一しかいない。店の入り口でもある玄関のドアを開けると、案の定、作務衣《さむえ》の太一が「よう」と片手を上げた。

「牛乳飲まないか?」

いきなり彼は、紙パックを目の前に突き出す。

「何で牛乳なんだ?」

「風呂上がりだから」

いつものように遠慮もなく中へ入ってきた太一は、リビングの椅子にどかりと腰をおろした。脱色した髪は濡れているし、肩にタオルをかけた格好は確かに風呂上がりだ。神社の社務所には風呂がないため、銭湯へ通っている。その帰りに寄ったというところだろう。

「あの銭湯の牛乳、いつからこんなパックになったんだろう。瓶じゃないと一気飲みできないじゃないか」

ぼやきながら、自分の牛乳パックにストローを突き刺す。

「瓶だった頃を知ってるのか?」

「知らないけど、昔はどこでも瓶だったって聞くだろ。それにしても、商店街に銭湯がなくなったのは不便だよな。橋の向こうまで十五分も歩かなきゃいけないんだぞ」

「銭湯? 商店街にあったんだ」

「あったよ。昭和の終わりごろまで」

「まだ生まれてないじゃないか」

平成生まれのはずなのに、まるで自分の記憶であるかのように太一は言う。

「神社の裏っかわ。不動産屋の隣だよ。今は町の集会所だけど」

そういえば町営の会館があった。神社の親戚《しんせき》だという太一だから、周辺のことをいろいろ耳にしていても不思議はないのかもしれないが、ときどき彼が、商店街の老人たちと同じくらいこの土地について詳しいのではないかと思えることがある。

「そうだ、その会館のそば、神社の石垣が古いまま残ってるだろう？　そこでこんなもの発見したんだ。すごいだろう」

そう言って太一が懐から取り出したのは、ゴルフボールくらいの石だった。

「アンモナイトの化石だ。あのへんをもっと調べたら、恐竜の骨とか出てくるかな？」

太一は楽しそうに、肩に掛けたタオルで石の表面を研《みが》くが、秀司には化石だとは思えなかった。まだらな石の色が、少々渦を巻いているように見えるというだけだ。偶然の産物だろう。とはいえ、うれしそうな太一に水を差す必要もないかと口をつぐんでおく。

「そうだ、明里さん見かけたよ」

太一はまた思いつくままに話を変える。

「ふうん、どこで？」

「商店街の入り口。酔っぱらって街灯に抱きついてた。連れがいたから声かけなかったけど」

さすがにそれは気になった。牛乳パックを置いて、秀司は立ち上がる。商店街の通りへ出て、斜め向かいの〝ヘアーサロン由井〟を見上げると、窓はまだ暗かった。商店街の入り口で太一が見たというのだから、ゆっくり歩いてきたとしてもそろそろたどり着くはずだ。明里が帰ってくるだろう方角へ足を向けたとき、街灯のそばに人影が見えた。

「あ、秀ちゃん」

明るく手を振るのは明里だ。無造作に束ねた髪がぴょんぴょん跳ねる。くつろいだ気分で楽しそうに笑うとき、彼女は急に子供っぽい雰囲気になるのだが、秀司はそれを好ましく思っている。そんなふうに笑いながら、急いでこちらへ向かってくる様子はしっかりした足取りで、酔っぱらっているようには見えなかったが、「ただいまあ」といきなりのハグは明らかに酔っぱらっていた。

そんな明里の後ろに男がひとり立っていた。太一が言っていた連れというのが彼らしい。

「先輩に送ってもらったの。ありがとうございました」

ぺこりとその〝先輩〟に頭を下げて明里は飯田時計店へ入っていく。秀司は取り残され、明里の先輩と向かい合うしかない。

「わざわざすみませんでした」

細身で背の高い男だった。会社員ふうの無難なスーツを着ているところを見ると、美容師の先輩ではなさそうだ。

「ああ、いや、商店街の手前でタクシーを降りて、ここでいいって彼女は言うんだけど、なんだか危なっかしいんでついてきたんですよね。この道、一方通行だからタクシーだとかなり遠回りらしくて」

「ええ、不便なんですよ。あ、タクシー代立て替えますので」

「いえ大丈夫です。帰る方向が同じなんで、相乗りしただけだし。通りでタクシーに待ってもらってるんで、僕はこれで」

そう言いつつ、彼はまだ秀司をじっと見ている。そしてまた口を開く。

「仁科……さんの、彼氏だよね？」

明里のことを親しげに呼び捨てにしそうになったのを、訂正したように聞こえた。

「はい」

「いちおう、大勢で飲んでたんで」

「はい」

「僕が飲ませたわけじゃないですよ。でも、周囲の奴《やつ》が勝手に注文したものを飲んでたな。アルコールが入ってたのかも」

「そうですか」

それで言うべきことはなくなったのか、ようやく彼は立ち去りかけたが、ふとまた足を止めたのは、時計店のショーウィンドウが目についたからだろう。街灯の光を反射する金属のプレートを、じっと眺めていた。

〝おもいでの時　修理します〟

そこに視線を定めたまま、秀司に問う。

「時計、直せるんですよね？　どんなに古い時計でも動かせる時計屋が近所にあるって、仁科さんが言ってたんだけどさ、あなたのことでしょう？」

「はあ、おそらく」

「僕の時計、直してくれないかな？」

それからゆっくり振り向くと、まるで挑むように、彼は秀司に不敵な笑みを向けた。

2

合コン、ではなかったと思う。同じ美容室に勤める女性スタッフに誘われて、知り合いが来るという店へついていった。早瀬美紀《はやせみき》という同僚は、誰とでもすぐ仲良くなる気さくな人で、お客さんと友達になることも多く、とにかく交友関係が広い。居酒屋に集まっていた数人の中には男性も何人かいたが、友達がその友達を呼んできて、なんとなく集まるようになったらしかった。

偶然その場にいたのが、明里の高校の時の先輩、中島弘樹《なかじまひろき》だった。弘樹先輩、とみんななぜか名前で呼んでいた。

この町で高校時代の知り合いに会うとは思わなかった明里は驚いたが、向こうもかなり驚いていた。聞けば彼は、今年からこちらの支社に転勤になったらしい。中学三年の秋頃まで、津雲川の見える学校に通っていたということで、これといって名所もないが懐かしい町での生活を楽しんでいるようだった。〝津雲神社通り商店街〟のことは記憶にないというが、堤防から神社の鳥居が見えることは知っていた。

その日集まったみんなは独身で、年齢が近いこともあって和気あいあいと盛り上がった。とはいえ明里は、お酒はひかえていたつもりだ。乾杯のビールだけで、あとはジュースにしていたはず。ただちょっと変わった味のコーラを飲んだかもしれない。一杯目のビールのせいで味覚が鈍くなったのだろうと思っていた。

それに、懐かしい先輩がいたことも気がゆるむきっかけになった。弘樹先輩は、ちょっと軽薄にも見えるが明るく周囲を盛り上げようとする人だ。その場の雰囲気でみんなどんどん飲んでいたから、明里は誰かが注文したお酒を間違って口にしてしまったのか。とにかく、二軒目にカラオケへ行ったあたりから記憶がない。

だから、どうして秀司の家にいて、彼の部屋で目覚めたのかもわからない。明里は秀司のTシャツと短パンを身につけていて、自分の服はハンガーに掛かっている。自分で脱いだのかどうかもわからないが、几帳面にハンガーに掛けたのは秀司に違いない。

普段の、まったく色気のない下着を見られたかもしれないと思うと髪をかきむしりたくなる一方で、ひとつだけ心から安堵したのは、この状況が見知らぬ男の部屋ではなかったことだ。

ともかく急いで着替え、明里はそろりと一階へ下りていく。キッチンにいた秀司は足音に振り返った。

「おはよ……」

今の自分は最悪の有様だ。好きな人の前に立つべき状態ではない。髪はめちゃくちゃだし顔色は悪いし。目も合わせられなくてうつむいているしかない。それでも彼が、いつものようににっこりと微笑むのは声のトーンでわかる。

「おはよう。コーヒー飲む？」

頷き、食卓の椅子を引くと、手早くカップがテーブルに置かれた。

「わたし、どうしてここに？」

それは秀司もよくわからないのか首を傾《かし》げた。明里が押しかけたのだということだけはよくわかった。

「自分で二階へ上がっていって、着替えて寝たから」

さらりと彼は言うが、そこそこ年季の入ったカップルでなければ聞き流せない状況だ。自分たちはまだ、そこには到達していないと思う。

「着替え……借してくれたの？」

「うん、貸してねって言ってたよ」

「そ、そうなんだ。ごめん」

「本当に何もおぼえてないんだ？　わりと普通に話したり動いたりしてたのに。ここへは先輩って人が送ってくれたんだよ」

「えっ」

　もちろんそれもおぼえていない。明里はコーヒーカップを持ち上げたまま硬直する。だとしたら、秀司は怒っているかもしれない。ふつう、酔っぱらった彼女が男に送ってもらったら気分が悪いだろう。様子をうかがうが、コンロでフライパンを手にしている彼は明里に背を向けているため、表情はわからなかった。

「先輩……、高校の先輩なの。偶然、同僚の美紀ちゃんの知り合いの知り合いみたいなことで飲み会に来てて。……あー、だめだわたし。バカやっちゃった」

　今ごろ自己嫌悪に襲われ、テーブルに突っ伏す。

「べつに気にしてないみたいだったけど。帰り道が同じ方向だったって言ってたし」

　そうではなく、秀司に対してのもうしわけない気持ちだ。でもまだ、寝込んだのが秀司の家でよかったと思う。先輩を一方的に警戒するのも失礼な話だが、前後不覚の明里が彼を家へ入れていたりしたらいろいろと問題があるだろう。

「あのー、他にわたし、変なことしたり言ったりしたでしょうか」

おそるおそる訊《き》くと。

「……いや、べつに」

微妙な間があった。

「今、ちょっと考えた？」

「考えてないよ。ごはんどうする？　食べられそう？」

ごまかされたような気がするが、無理に聞き出すのも怖くなってきた。

「ううん、今はちょっと。コーヒーだけごちそうさま。シャワー浴びたいから帰るね」

そういうことは、せめてもう少し頭をはっきりさせてから訊くべきだろう。明里は逃げ出すように立ち上がった。

幸いその日は仕事が休みだった。昼過ぎになって、ようやく普段の元気を取り戻した明里は、駅前へ買い物に出かけていた。その帰り際、横断歩道で信号を待っていると、ロータリーに止まっていた車の中から誰かが手を振った。白いバンから身を乗り出すのは、ショートヘアの若い女性だ。

「咲《さき》さん！」

　商店街にあるパン屋、〝原《はら》ベーカリー〟のお嫁さんだった。夫婦は別の場所に新しい店を持っているが、実家のベーカリーがある商店街にはよくふたりで訪ねてきている。縁があって咲さんと知り合った明里は、以後も仲良くつきあっている。

「明里さん、買い物？　よかったら乗っていきません？」

「いいの？」

「これから原ベーカリーへ行くところなの」

　ちょうど買い出しした荷物をかかえていたところだ。ありがたく乗せてもらうと、咲さんはバンを走らせた。駅前のカフェへお店のパンを届けたところだったのだという。

「お店、順調みたいね」

「小さな店だから、夫婦でどうにかってところですよー」

「でも、クロワッサンがおいしいって、口コミで人気が出てるでしょう？　タウン誌に載ってたよ」

「あれはちょっとうれしかったな」

「わたしも咲さんところのクロワッサン好き。また買いに行くね」

「ありがとう。そうだ、少しだけど持っていって」

ちらりと振り返った後部座席に、パン屋の名前が印刷された紙袋が置いてあった。

「商店街で試食してもらおうと思って持ってきたの。秀司さんと食べてみてくれませんか？」

「いいの？」

「はいもう、ぜひ」

川に沿った道へ出ると、堤防の上を中学生がランニングをしている姿が目についた。クラブ活動だろう。掛け声も勇ましい。伴走をする白い自転車と、走る彼らの白いシャツが、曇り空の下でさえさわやかに目立ち、夏の訪れを予感させる。

「元気ねえ、もうかなり暑いのに、ばてないのかな」

「直之《なおゆき》さんもよく走ったらしいですよ。真夏でも、川沿いは風がさわやかだからまだいいんだとか」

直之さんというのは咲さんのご主人だ。原ベーカリーの息子なので、子供の頃からずっとこの商店街に住んでいた。河原をランニングできる範囲の中学校に通っていたのだろう。

徒歩だと二十分はかかる道のりも、車だとあっという間だった。堤防沿いの道を神社付近で止めてもらい、明里は礼を言って車を降りた。

いい匂いのするパンの袋をかかえていると、幸せな気分になる。今朝《けさ》の激しい自己嫌悪も忘れられそうだ。パンを持って秀司の家へ行けば、だらしない面を見せてしまった失態を挽回《ばんかい》できるようにさえ思えるから不思議だ。

　足取りも軽くなって、明里は神社の境内を通り抜ける。そんな彼女を呼び止める声がある。

「明里さん！　ちょっと来てみてよ」

　太一だった。石段の下に座り込んでいるのか、ちらりと見える脱色した頭より高く片手を挙げて、彼女を招いている。歩み寄ると、太一は明里にも座れと促した。仕方なく荷物を石垣の上に置いて座り込み、子供が秘密を分かち合うかのように太一と顔をつきあわせる。というのも、そうしないと彼が両手で大事そうに包み込んだものがよく見えなかったのだ。

「これ、見つけたんだ」

　白っぽい石のようなものだった。

「化石だよ。新種の巻き貝じゃね？　こんなの見たことないだろう？」

　それにはおうとつがあり、巻き貝のようにも見えなくない形が浮き出ている。どこかで見たような形だ。たしかに化石としては馴染《なじ》みのない印象だが、はたして新種だろうか？

「昨日はアンモナイトを見つけたんだけどさ、同じ場所で今度はこれだ。もっといろんな化石があるに違いないし、大発見なんじゃないか？　なあ、明里さんも発掘しないか？」

「いや、わたし忙しいから」

太一の遊びにはつきあってはいられない。

「先輩と飲むひまはあるんだろ」

立ち上がりかけた明里は、思わず動作を止めて振り返った。

「何で知ってんの」

「俺も昨日の夜、シュウのところにいたから」

酔っぱらった失態を太一にまで見られていたなんて最悪だ。

「あの人、元彼か？」

「違うって！　部活の先輩ってだけ」

「それにしても先輩って人、シュウに無理難題押しつけたよな。どういうつもりなんだかね」

驚いて、明里はまた太一のそばに身を屈めた。

「無理難題？　何それ」

「なんだ、聞いてないのか。シュウはどんなに古い時計でも直せるって、明里さん、先輩に言ったんだろう。それで昨日そいつ、シュウに修理を依頼したんだ。もし直せなかったら、明里さんがタダで髪を切ってくれるって約束した、なんてやけに挑戦的だったぞ」

ちょっと待ってと明里は頭を抱えた。思い出せないけれど、言ったかもしれない。いや、言ったのだろう。でなければ弘樹先輩は、秀司が時計師だということを知るはずもないのだ。

それにしても、無料で髪を切るなんて、どうしてそんな約束をしてしまったのだろう。プライベートで髪を切るのは特別な人だけだと秀司に話したことがある。彼がそれをおぼえているなら、先輩の髪を切るなんて約束は聞き捨てならないことだろう。

「それで、秀ちゃんは？」

「引き受けた」

むろんおぼえているはずだ。自分たちの気持ちが通じ合ったのも、彼の髪を切ったことが大きなきっかけだった。だからこそ、先輩の無理難題を秀司は引き受けたに違いない。

「じゃ、もしかして怒ってる……かな。わたしが変な約束したこと」

「シュウ、機嫌悪そうだったのか？」

「うーん、よくわからない。いつも通りやさしかった。でも、ふつう腹が立つでしょう？　飲み過ぎて男の人に送ってもらって、髪を切ってあげるなんて言ってたら」

「俺だったら口きかないね」

きっぱり言われて落ち込む。

「あ、でも無理難題ってどういうこと？　秀ちゃんなら、もう部品がないような時計でも直せるはずでしょう？」

あまいな、とばかりに太一は眉間にしわを寄せて人差し指を左右に振った。

「早速あいつ、朝からやって来て時計を預けていったんだと。その時計、さっきシュウに見せてもらったんだけどさ、あんな古いのは見たことないね。化石になるくらいだ。いったい何億年前の時計なんだろうなあ」

3

そんなバカな。信じられない話に明里は、急いで神社を離れると、買い物袋を自宅へ放り込み、飯田時計店へ駆け込んでいた。

「秀ちゃん、時計の化石があるって本当？」

工房から店へ出てきた秀司は、息を切らせている明里を見て急に笑い出した。

「ああ化石ね。化石かあ」

そう言いながらも、おかしいのがこらえきれない様子だ。

「って、太一くんが言ってた」

普通、そんな話は鵜呑みにしないだろう。今になってそう気づくがもう遅い。秀司はなかなか笑いが止まらないまま明里を手振りで工房へ招き入れた。

「なるほどね。化石かもしれないな」

　引き出しを開けて取り出したものを、彼は手に乗せたまま明里の方へ差し出した。うわ、と明里は思わず声を上げる。握り拳くらいの石だが、まさしくそれは時計だった。それも腕時計だ。文字盤や、長針や短針が細かく浮き彫りになっている。フレームのところが一部欠けているが、形はくっきりとして、もちろん竜頭《りゅうず》もある。

「……化石じゃない、よね」

　どう考えても、人が石に彫刻をしたものだ。

「どうなんだろうね。中島さんは、中学生のとき草むらに落としたものを三日後に見つけたら石になってたって言ってた」

「ええ？　まさか」

「化石って、できあがるのに何万年とか何億年とかかかるんだよね。三日で化石になることってあるのかなあ」

「あるわけないでしょ」

　化石なんて話を聞いて駆け込んできたくせに、明里は冷静な口調で断じる。それがおかしかったのか、秀司はまた笑った。

「だって、何万年も前にこんなデザインはないはずよね。こういうの、デパートでもよく見かけるくらい売れ筋でしょ？」

そもそもそんな昔に時計なんて存在しない。ということはともかく、それは明里が想像していたよりずっと新しいタイプの時計だったのだ。

文字盤の中に三つほど円があって、それぞれに目盛りと針がついている。複雑な計器みたいでかっこいい。明里はそれらがどんな役目を果たすのかよく知らないが、男性が好んで身につけている種類の時計だとだけ認識していた。

クロノグラフだ、と秀司は言った。

「って？」

「ストップウォッチの機能を備えた時計。竜頭と、他にボタンが二つあるだろう？これがスタートボタン、こっちはリセット。針がスタートと同時に動く。小さな円は三十分積算計と十二時間積算計、それから秒針」

あのメカニックなデザインはストップウォッチなのだというところだけ、とりあえず飲み込んだ。

「オメガのスピードマスター、いい時計だよ」

秀司は、その石がまるで内側に精巧な機械を備えたものであるかのように、慎重に布張りのトレーに置く。しかし、メーカーまでわかるくらいそっくりに彫ってあるだけの石だ。

　どう考えても、〝古い時計〟ではない。

「こんなの、直せるわけないよ。わたし、弘樹先輩に返してくる。ちゃんと話して、髪を切ることもできないってあやまってくるから」

　明里が石をつかもうとすると、秀司が止めた。

「いや、僕が引き受けたんだ。彼はもう飯田時計店のお客さんだ。動かせないなら僕から詫びる」

「……どうして引き受けたの？　わたしが、先輩の髪を切るなんて約束しちゃったから？」

「んー……、それはまあ、切ってほしくないと思ったよ」

　ため息とともに吐き出された言葉には、かすかに苛立《いらだ》ちがにじんだ。やっぱり怒ってるんだとわかり、明里はうなだれる。

「ごめんなさい。おぼえてないの。先輩が直したいのは普通の時計だと思ってたのかも。だから、約束したって大丈夫だとか……。でも、あのね、弘樹先輩はときどき悪ふざけがすぎるけど、そんなに無茶を言う人じゃないから」

「弘樹先輩、か。そう呼ぶんだ」

墓穴を掘っている。

「あっ、えと、みんなそう呼んでただけよ。軽くて調子がいいんだけど悪気はなくて、親しみを込めて名前で呼びたくなるような雰囲気で」

「ふうん」

言ってしまってから気がつく。ああもう、よけいなことを言った。消えたい。

「ごめん。あきれてるよね。秀ちゃんが怒るのも無理ないのはわかってるの」

「怒る？　違う、妬《や》いてるんだよ」

「え、やきもち、なの？」

「そうでしょ、普通」

明里のぽかんとした顔を眺め、秀司は腕組みをした。

「昨日の酔っぱらったきみを見てたら、だんだん許せなくなってきたんだ」

やっぱり、何かひどいことをしたのだ。冷や汗を感じながら明里はうなだれる。

「ごめん……。本当にわたし」

ひたすらあやまろうと両手を合わせるが。

「お酒が入ると、なんか、かわいいんだけど」

「は」

予想外の言葉に固まってしまった。

「楽しそうに笑ってるし、普段よりあまえた感じになるし。あの先輩の前でもかわいかったのかと思うとね」

怒られているのか口説かれているのか混乱する。あわてて明里は首を振る。

「それはっ、ないよ」

「おぼえてないのに？」

「だって、酔っててもここへ帰ってきたんだから。秀ちゃんの家だから安心して寝ちゃったっていうか、外ではもっとしっかりしてたはず。とにかく、秀ちゃんといることがわかってたから無防備になってたんだと……」

そんな明里を彼はじっと覗《のぞ》き込んだ。

「しらふであまえてくれたら許す」

どんなふうに？　そもそも明里には、あまえたという自覚も記憶もないのだ。

ますますあせりながら、間近で待っている様子の彼をちらりと見ると、当然のこと目が合ってしまう。見つめ合ったまま、あまえるにはとりあえずキスするべきかと悩んでいると、彼の方から唇を重ねてきた。

頭の中が〝好き〟でいっぱいになる。全部秀司に伝わってしまいそうだ。だったら、あまえたことになるだろうか。

お互いにもっと近づこうとした明里と秀司のあいだで、そのとき、何かがかさかさと音を立てた。

「それ何？」

ようやく明里は、自分が腕にかかえていたものを思い出した。咲さんにもらったパンの袋が、腕に押しつぶされてくしゃくしゃになっていた。

「やだ、せっかくのパンが！　つぶれたかも」

開いた袋を、秀司が覗き込む。

「大丈夫そうだよ。ちょうどよかった、お茶にしよう」


クロワッサンの他に、カスタードを入れたマフィンやチョコレートを練り込んだ菓子パンなども入っていた。コーヒーを淹《い》れ、リビングであまいパンを口に入れると、今朝からの落ち込んでいた気分がもやが晴れるように消えていった。

妬いていると言った秀司をちらりとうかがい、彼がマグカップを持ち上げるのを観察する。やさしげな横顔が好きだ。言葉も態度も、上《うわ》っ面《つら》なところがなくて好きだ。それに、秀司はとても不思議な人だ。どうしてそんなにすんなりと、妬いているなんて言えるのだろう。でも、ちゃんと気持ちを伝えてくれるから、明里はこうして安心できる。彼はもう怒っていないのだとわかる。でも明里の方は、自分の心の内を伝えているとはいえないかもしれない。

先輩のことを、もっと詳しく話した方がいいのだろうか。それとも、そういうのは余計なことだろうか。よくわからなくて、今さら切り出せない。

「石の時計、引き受けた理由は他にもあるんだ」

ぽつりと秀司は言った。

「彼、ショーウィンドウのプレートをじっと見てた。落とした時計の代わりに石の時計を拾ったというのが本当なら、落としたのもスピードマスターだったはずだ。どうしてそんなことが起こったのか彼にもわからないから、石の時計をなくした時計の代わりに持ち歩いてるんだろう。それを元通りに動かしてほしいって言うんだから、時計に関して、何か後悔していることがあるのかもしれないと思ってさ」

時計ではなくても、時計の形をしたものなら、秀司は無視できないのだろう。文字の欠けたプレートごと、彼は祖父の店を引き継いだかのように感じている。時計を直すことで、持ち主と時計とが歩んできた時間を修理しているのだと意識している。だからもし弘樹先輩が、なくした時計が石になったと信じていて、修理さえすれば動き出すと思いたいなら、せめて拒絶せずに修理を引き受けようと思ったのだ。

「あの石、誰が何のためにつくったんだろ」

頬杖《ほおづえ》をついて、明里はつぶやいた。

「彼、ああいう彫刻とかする人？」

「んー、少なくともわたしは聞いたことないな。もともと先輩は中学で陸上をやってた人で、その後おうちの都合で引っ越して、わたしと同じ県立の高校へ入ったらしいんだけど、わりと有名な選手だったみたい。何度も陸上部に誘われたのにバレー部へ入ったって聞いたけど、体育会系で、細かい作業はしそうにない感じ」

「明里ちゃん、バレー部だったのか。なるほどね」

どのへんがなるほどなのか。とりあえず彼の中で、明里とバレーは結びついたらしい。

秀司はどんな高校時代だったのだろう。時計部、なんてないだろうし。と思いながら訊くのをためらったのは、高校の頃からつきあっていた真由子《まゆこ》さんのことを、彼が思い浮かべてしまうかもしれないからだ。たとえ思い浮かべても、もう胸が痛むことはないはずだ。でも、明里の方が変に意識してしまったら、秀司も戸惑うだろう。

たぶんさらりと聞けばいいことなのに、悶々《もんもん》とする自分に嫌気がさす。一方で、秀司はどうしても先輩の時計に関心があるようだった。

「陸上の競技は？」

「えっ、さあ」

「長距離……かな、そういうのならクロノグラフと関係なくもなさそうだ」

「そっか、タイムを計るのね」

でも先輩は、陸上をやめてしまった。そして石のクロノグラフを持っている。けっして動くことのない針と、走ることのない自分を重ねているのだろうか。

考えていると、店のドアベルが音を立てた。お客さんだと思い、明里はマグカップを置くが、秀司は立ち上がろうとしない。不思議に思っているうちに、足音とともにまっすぐリビングへ入ってきたのは太一だった。

「なんだ、休憩中か」

「秀ちゃん、ドアベルの音で太一くんだってわかったの？」

「うん、お客さんより乱暴にドアを開けるからね」

「あっ、うまそうなの食ってるな」

「太一くんのぶんもあるよ」

彼はクロワッサンをつかみ、立ったままかぶりつく。そうしながら、作務衣の懐から楽しそうに取り出したのはまた白っぽい固まりだった。

「貝の化石に続いてこれだ。新種のムカデ」

さっきの貝のようなものとともにテーブルに置かれたのは、明里には櫛《くし》に見えた。明里が仕事で使うような、細いステンレスのコームに似ている。

「櫛、じゃないのか？」

秀司もそう言った。

「おいおい、櫛がそんな昔にあるわけないだろ」

時計を化石と言い切ったくせに。

あきれながら、明里はもうひとつの貝のほうに目を留める。やはり、貝というより何かに似ているのだ。何だっただろう。

「あっ！　クロワッサン！」

「えっ？」

秀司と太一が同時に声を上げる。

「ねえねえ、ほら見て、これ、クロワッサンじゃない？」

もらったクロワッサンをひとつ、石の隣に並べると、くるりと巻いたその形がよく似ていた。

「本当だ。クロワッサンだ」

「そんなわけないだろ」

両手で持ち上げて太一は見比べるが、反論する言葉が出てこないらしく黙り込む。

「これ、粘土で作ったんじゃないか？　押しつけて型を取ったんだよ。クロワッサンは本物のパンを使ったわけじゃないだろうけど、樹脂か蠟《ろう》でできたおもちゃみたいなの、あるよね」

なるほど、よく見れば太一の化石は乾いた粘土のようだ。それなら簡単に型を取れるし、なんとなく化石のようなものになっている。

「誰かがいたずら半分にこれをつくって、神社の石垣の隙間に置いたんだろうね」

石の時計も、そんないたずらなのだろうか。けれどあれは、型を取ったものではなく、本物の石に彫られていた。いたずらのためにそこまで熱心に彫刻をするかというと、明里にはぴんとこない。一方で太一は、何かが頭の中で結びついたらしく、声を上げた。

「粘土？　ああっ、そういや小学生が集まって、境内で何か作ってた！　くそっ、大発見だと思って、毎日石垣の草をむしって掃除してた俺の努力はどうしてくれる！」

「神社がきれいになったんだから、神様はよろこんでるよ」

明里は慰めるが、太一は逆立った髪の毛をかきむしる。

「ツクモさんに一杯食わされた。このところ掃除をさぼってたからかよ」

津雲神社の神様が、いくらなんでも掃除をさせるために小学生に粘土の化石を作らせたわけではないだろう。

「それにしても太一くん、化石に興味なんてあったんだ。なんか意外。神様とお賽銭《さいせん》にしか興味ないのかと思ってた」

「化石は金になるんだろ？」

「えっ、そうなの？」

明里は答えを求めるように秀司を見る。

「そりゃ、めずらしいものは高く売れるのかもしれないけど」

「じゃあ俺のは高値で売れるはずだ」

「粘土の化石が？」

「違う。ずっと前に、本物の化石をもらったんだよ。それも、生きた化石なんだからな」

「生きた化石って、意味が違うんじゃ……」

「とにかく、俺にその化石をくれた人がそう言ってた。津雲神社の化石は生きてるから、今は石に見えても、時がくれば脱皮するんだってさ」

どう考えてもその人は、太一をからかったに違いない。

「これだ」

しかし太一は未《いま》だに信じている様子で、腰にぶら下げている巾着から得意げに取り出した。ネックレスにしてじゃらじゃらとぶら下げている金属類同様、大事なガラクタ、いや宝物は常に持ち歩いているのだ。

「蟬《せみ》の幼虫？」

覗き込んだ秀司が言うように、明里にもそんなふうに見えた。蟬がいつ頃から存在しているのか、化石になっても不思議はないのか、明里は知らないからそれが本物かどうかもよくわからない。粘土ではなくしっかりした石なのは確かだが、精巧な彫刻のようにも見える。ちょうど、弘樹先輩の時計のような。

「知らない人にもらったのか？」

「そうだよ。近くに古物商がないか探してた人で、俺が神社で遊んでたら話しかけてきたんだ」

　その人が賽銭を出そうとしたとき、ポケットから化石が落ちたので、太一が拾ったのだという。

『どこで見つけた？』

　太一が問うと。

『そこの石垣の隙間だよ』

『だったらツクモさんのだ。勝手に取るなよ』

　神社の領域にあるものは神様のものだと太一は言うが、賽銭はもちろん、いろいろと神様のものを彼は平気で私物化している。ともかくその人は、太一が言い張るので化石を彼に渡したそうだ。

　もらったというより、取り上げたのではないだろうか。相手は子供だと、その人も折れたのだろう。

『これ、蟬の幼虫？　死んでるのか？』

『生きてるよ。時がくれば空へ飛び立つ。……そう、津雲さんの化石だからね』

『ふうん。じゃ、ちゃんと参拝しろよ。きっと御利益がある』

その人は社の前で長いこと手を合わせて帰っていったと太一は言った。


「それで太一くん、その人が言ったこと信じてるの？」

「脱皮の話か？　当然だろ。何万年後かもしれないけど、これはいつか新しい何かになるんだ」

「何万年？　確認できないじゃない」

「それが何だよ、明里さんだって化石ができるところを見たことがあるのか？」

「ないけど、化石には科学的な根拠が……」

「中にはひとつくらい、急に石になった化石もあるかもしれないだろ。神様の気まぐれなんてどうせ確認できないんだよ」

いつものことだが、太一と話していると、だんだん自分の常識的感覚に自信がなくなる。世の中は、ひとつの真実でできているわけではないのかもしれないという気がしてくる。

三日で石になった時計があっても、不思議ではないのだろうか。

「そういえば昔、太陽や月の化石が見つかったことがあった」

ぽつりと言った秀司が、さらに明里を奇妙な心地にさせた。

「十八世紀くらいのことだよ。そのころはまだ、ヨーロッパでは多くの人々が、世界のすべてを神が七日間でつくったと信じている一方で、化石の研究が始まりつつあった。今はもういない生物が、化石となって発見される。とすると、神が世界を現在の形で創造したという説と矛盾する。そんな論争のさなか、ドイツのベリンガーという学者が太陽や月の化石を発見した」

「さすがにそれ、おかしいと思うよね」

「それがね、化石は神の気まぐれで創られたもので、月や星が石になるなんてあり得ないからこそ、神が存在する証拠だと考えられたんだ。でも、後にそれらは、ライバルの学者が彼を陥れようとしてつくったものだとわかった」

「何だ、ニセ物だったのか」

太一はつまらないとばかりにぼやく。

結局、太陽の化石を発見した学者は恥をかいた。しかし秀司は、その話を愚かな教訓だと思っているわけではなさそうだ。なんだか楽しそうに笑みを浮かべている。

「おもしろいよね。人は、神様しか創れないものでさえ模造してしまうんだ」

時計をつくることは、神秘へ近づこうとする時計師たちの夢であるかのような、そんなことをいつだったか言っていた。だから彼は、間違った学者を笑わないし、太一の思いこみを否定しない。石になったという時計の修理を依頼されれば引き受ける。

明里はそんな秀司が好きだ。何もかも肯定して、ふんわり包み込んでくれるようなところが好き。

「だから、奇跡だって起こせるのかもしれない」

「奇跡?」

「そう。時計の化石なんてあるはずがないって、今の僕らは思うけど、現実に時計がある以上、遠い遠い未来には、化石が存在するかもしれない。そういう奇跡」

「じゃあそのとき、化石を発見した人は、昔こんな生き物がいたって思うんだろうな」

太一がつぶやく。この、ちょっと変わった大学生が秀司に懐いている理由もわかる。秀司は太一をおもしろいと思っている。

日常からほんの少しだけ視点をずらすと、不思議なことを不思議なまま受け止めるのも悪くはないと思えてくる。三日で時計が石になったと弘樹先輩が言うのも、彼にとってはそれが真実だからだ。

何万年後の世界から、弘樹先輩のなくした時計が帰ってきた。化石になっても、彼の時間を計るために戻ってきたクロノグラフ。それがすでに奇跡なら、再び動き出すという奇跡もあるのだろうか。

「明里ちゃん、時計は必ず動くようにする。彼の髪を切る必要はないよ」

思いがけず、秀司はきっぱりと言った。どうやって直すのかなどという疑問は、不思議と明里の中に浮かばなかった。

4

翌日明里が出勤すると、美紀が近づいてきて、この間は大丈夫だったかと問いかけてきた。明里が弘樹先輩と再会することになった飲み会を企画した彼女は、明里が酔っていた様子なのを気にしてくれていたようだ。

大丈夫だと答えたが、美紀はまだ心配そうな顔をしながら、お昼休みをいっしょに出ようと誘った。

昼食は、美容室のすぐそばの喫茶店でとることが多い。喫茶店だがランチメニューは定食なのでありがたい。いつものようにそこへ入ると、美紀は早速切り出した。

「わたし、明里ちゃんを送っていくとき、途中で弘樹さんに任せちゃったからちょっと気になってて。弘樹さん、明里ちゃんとは知り合いだったとはいえ、それほど親しいわけでもないんでしょう？　ああ見えてまじめだし、問題ないと思ったんだけど、酔ってる明里ちゃんと二人にして悪かったかなって」

途中まで美紀がいたことすら記憶にない明里は、とりあえずちゃんと帰れたことを伝えておく。

「その弘樹さんが、明里ちゃんに話があるって言うのよね。それで今日のランチタイムを教えたんだけど、よかったかな」

日替わりランチを食べながら、美紀は心配したように明里を覗き込んだ。

「うん、全然」

「彼と何かあったの？」

「えっ、ないよー。話って何だろ」

驚きながら否定するが、美紀は釈然としない様子だった。

「そう？　ならいいけど。なんだか深刻そうだったから。あ、来たみたい」

同時に店のドアが開き、弘樹先輩が入ってくるのが見えた。明里と美紀を見つけ、片手をあげるとこちらへ近づいてくる。

「この近くで仕事だったんですか？」

美紀が問う。弘樹先輩は四人掛けのテーブルで迷うことなく明里の隣へ腰をおろす。

「ああ、営業で近くへ来てたから、美紀ちゃんにメールしたんだ。悪いな、貴重な昼休みに」

やって来たウェイトレスにアイスコーヒーだけを頼み、水を一気飲みして息をつく。

明里は、先日の送ってもらったことへの礼を言うが、彼は上の空で頷いただけだ。

「じつはさ、仁科の彼氏に妙なこと頼んでしまった。なかったことにしてほしいんだ」

　そうして、一気にそう言う。

「時計の修理ですか？」

「弘樹さん、それ、本当に明里ちゃんの彼に頼んだんですか？　直せなかったら、明里ちゃん、弘樹さんの髪を切るの？」

　どうやらその約束をしたときに、美紀も会話に加わっていたようだ。お酒の場での軽いノリ、そういう会話だったに違いないが、弘樹先輩にとってあの時計にまつわる何かはそう軽いことではない。だからこそ、わざわざ白紙に戻そうと伝えに来た。

「もうその話もなしでいいから。預けたものは近いうちに受け取りに行くって伝えといてくれ」

「あの、でも先輩」

「あと、余計なこともいろいろ言った。仁科はよく顔から転んでたとか、胸でボールを跳ね返すからへこむんじゃないかと思ったけどそんなこともなくて、わりと女っぽくなってて見違えたとか。バレンタインにチョコレートをもらったこととか」

「明里ちゃん、ホント？」

「待ってくださいよ。それって、クラブの女子みんなで配ったやつじゃ」

「間違ってはいないだろ？」

弘樹先輩は笑い飛ばすが、明らかに誤解を招く言い方だ。

「そもそも何部？」

美紀は首を傾げる。

「バレー部」

「あ、それで、手じゃなくて胸かあ。顔でレシーブだとよくある失敗ってところだけど、胸かあ」

美紀が納得するのを聞きながら、明里は昨日、秀司がバレー部に納得したのを思い出した。まさか、そこのところを彼も思い浮かべていたのだろうか。頭を抱えたくなる。

「まあ、直せるわけないだろって気持ちで、大人げなく彼氏に突っかかってしまってさ。そんなことで時計屋の彼も意地で引き受けたんじゃないかと思う。だからもういいんだ」

きっと直すと、秀司は言っていた。それに彼が引き受けたのは意地になったからではなく、弘樹先輩が時計に関わる後悔をかかえていると思ったからだ。

「あれは、先輩が陸上をやめたことと関係あるんですか？」

アイスコーヒーにのばしかけた手を止めて、彼は急に戸惑った顔で明里を見た。

「……すみません、余計なお世話ですよね。でも、気になって」

急いで顔を背けた先輩は、怒っているようでもあった。

「思い出を修理するって、彼氏の時計屋に書いてあったよな。もともと〝時計〟って〝計〟の字があったんだろうけど、時計が動いたところで過去が変えられるわけじゃない」

アイスコーヒーを一気に飲み干し、ポケットから出したお金をテーブルに置くと、弘樹先輩は立ち上がった。

「じゃ、そういうことだから」

あっという間に店を出ていく。

「美紀ちゃんごめん、ちょっと待ってて」

明里はとっさに立ち上がり、彼の後を追っていた。そのときはただ、このままじゃいけないと思ったのだ。

飯田時計店のプレートを見て、弘樹先輩は石の時計を秀司に預けることにしたに違いない。いくら明里と賭《かけ》みたいな約束をしたからって、お酒の席での戯言《ざれごと》だったはずだ。石を時計屋へ持ちこんで、動くようにしてくれなんて、まともな大人なら実行しない。そうしたのは、あの言葉にすがりたい気持ちになったからだ。

「弘樹先輩、わたし、思い出したことがあります」

信号待ちの弘樹先輩に追いついて、明里は口を開いた。中学での先輩のことは何も知らない。でもひとつ、思い出したことがある。

「市内で陸上の高校全国大会が開かれたことがありましたよね。部活の帰りに、県外から来た高校生が先輩に声をかけたこと、おぼえてます」


ハンバーガーの店へ数人で寄ったときだった。弘樹？　と親しげに声をかけてきた数人は、先輩の中学での同級生だろうということはわかった。彼らの会話からするに、陸上部員らしいこともだ。弘樹先輩は驚いているように見えた。

『久しぶり、元気だったのか？』と明るく言った彼らは、かつての仲間との再会を心底よろこんでいるようだった。

『弘樹、どうしてたんだ？　選手名簿におまえの名前なかったぞ』

『こっちで青春を楽しんでるんだ。おまえらがんばりすぎだよ。走るだけで高校生活終わっちまうぞ』

相変わらずだなとみんな笑った。中学の時から彼は今と変わりなく、ふざけ半分で周囲を笑わせながら、それでも仲間と認めあえるだけ真剣に部活動に取り組んでいたのだろう。そんな空気を明里は感じた。

『それにしても、急に転校してしまって驚いたよ』

『でも、陸上部で長距離走ってるんだろ？　走るのはやめてないよな？』

そう言ったひとりの方を、先輩は複雑な表情で見た。

『おまえ、続けてたんだな』

弘樹先輩のつぶやきに、その少年はにっこりと笑った。

『好きなことだから、簡単にやめられないよ。弘樹もそうだろ？　お互い、それが取り柄っていうか、他に何にもないもんな。今年は選手になれなかったけど、来年こそはと思ってる』

『そうか、がんばれよ』

『……なあ、あのときのこと、おれはもう気にしてないから、弘樹も気にせずにさ。会えてよかった。またいっしょに走ろうぜ』

屈託のない口調だったから、その場にいた明里もバレー部の子たちも、他校の陸上部の少年たちでさえ、〝あのときのこと〟はささやかな出来事にしか聞こえなかっただろう。事実明里も、あらためて思い出すまでは引っかかりもしなかった。

でも今は想像できる。その出来事と、先輩が陸上をやめたことはつながっている。

「あのあと先輩、用を思い出したってひとりで帰っちゃいましたよね？」

信号が変わる。彼は黙って歩き出す。明里はついていく。駅へ向かうのか、公園を突っ切るように歩いていくが、明里を追い払おうとはしなかった。

やがて立ち止まり、あきれ果てたように笑い出す。明里の方へ振り返り、「仁科、よくおぼえてるよなー」と笑い飛ばす。

「そうだったよ。あのときはびっくりしたな。あいつからあんな言葉を聞くなんて思いもしなかった。もう気にしてないだって？　だから気にするなって？　あいつ、僕の時計を壊そうとするくらい、頭にきてたのにな」

それは、石に彫られていたものと同じ時計だろうか。あのときの少年が、どうして先輩の時計を壊そうとしたのだろう。

「中三の夏だった。あいつが怪我をして、もう長距離走は無理かもしれないって診断されたのは僕のせいだった。部活の後、飲み物を買い出しに行くあいつに自転車を貸した。片方のブレーキが壊れてたのに、そのことを伝えるのを忘れてた。何も知らずに坂道で、あいつ、飛び出してきた子供を避けようとしてブロック塀へ……」

噴水の水しぶきが、風とともに降り注いだ。雲間の光が反射して、先輩の頰に落ちた雫《しずく》が涙みたいに光る。

「あいつ、怪我をしたことで、僕が内心よろこんでると思ったんだろうな。長距離のライバルでもあったから」

「それで、彼が先輩の時計を？」

遊歩道をジョギングを楽しむ人たちが通り過ぎていく。そんな一団から目を背けるようにうつむいて、先輩は言葉を続ける。

「中一の時、県大会で優勝して買ってもらったクロノグラフだ。いつも友達に自慢してたそれが、気に障ったんだろう。見舞いに行ったときあいつは見せてくれと言い、僕に返そうとしながらわざと手を滑らせて床に落とした」

おあいこだ、とその友達は言ったそうだ。時計が壊れたら、おまえは走れないだろう?

足を傷つけた彼のように? いや、時計が壊れたって走れるはずだ。明里は不思議に思う。

先輩はまたゆっくりと歩き出すが、明里から逃げるためではなく、ベンチに歩み寄ると腰をおろした。

「その後、別の仲間が僕に言った。本気で走れって。本気を出せばあいつもわかる。ライバルでもある僕が、あいつの分までがんばれば、いつか怪我を克服しようと思えるはずだ。なんて励ますんだ」

明里もベンチに腰掛ける。先輩は空を見上げている。

「だけど、結局僕はもう、走れなかった。時計がなければ走れない。あれだけが僕の自尊心をささえていたことに、あいつは気づいていた。あのころの僕は、タイムがのびなくて選手から外されていたし、やめたいと愚痴を言ってばかりだった。いっそ怪我でもしたらやめられるかな、なんて軽い気持ちで言っていた。自分が努力するよりも、あいつが怪我をしたことで、選手の座を取り戻せるかもしれないなんて少しでも考えるほどダメになってた。だからこそあいつは、僕を許せなかったんだ。そんな状態で僕が走っても、励みになるはずがない。……それから彼とは、顔を合わせられないままに転校した」

風が吹いて雲を動かす、日差しが急に陰る。噴水を離れても、今度は雨が降り出しそうな気配だ。

「きっとあれから、あいつはとてつもない努力をしたんだろう。リハビリを繰り返して、陸上を続けた。怪我を克服した。よかったと思うけど、あのときどうして、偶然会ってしまったんだろうな」

先輩はずっと、淡々と話していた。それは努力して感情を抑えているからだ。明里がそう気づくくらい、ますます突き放したような口調になった。

「会って、気づいてしまったんだ。僕はわざと、ブレーキの故障を教えなかった。罪悪感もなく、反省もしていなかった。むしろ彼の怪我を、挫折した自分の心の慰めにした。あいつはもう走れないのだから、僕も走らない。それであいつの気が済むならそうするしかないんだと自分に言い聞かせながら、自分が陸上をやめることへの言い訳にした。道連れにしようとした。ひどい話だろう？　だから、あいつが陸上を続けてると知ってショックだったんだ。挫折したのは自分だけだったと知ってさ」

億劫《おっくう》そうに、弘樹先輩はベンチから立ち上がった。

明里は座ったままでいた。彼が話を終えようとしているのがわかったからだ。

「好きなことだから、自分でやめるのも、走って負け続けるのも、どちらを選ぶのも恐ろしかった。僕の自転車に乗る彼を見送りながら、もしもあいつが怪我をしたら、やめる言い訳になるなんて考えたかもしれない。いや、考えたんだと、全部、あいつに再会したときわかった。たとえ気にするなと言われたって、僕にはもう、陸上をやる資格はなくなったんだ」

〝おもいでの時　修理します〟

明里はあの言葉に救われた。飯田時計店のプレートに気づき、気になってしまう人は、たぶんみんな、修復したい過去がある。弘樹先輩もあれに気づいたなら、何とかして傷を繕い、前へ進みたいと願っているはずだ。

そのためのきっかけが、石になった時計の中にあるなら、修理のキャンセルはしてほしくない。

「先輩、あなたの時計、きっと動くようになります」

明里は、ひとり歩き出した弘樹先輩の背中に向けて言葉を投げた。

「本当に彼は、どんな時計でも直せるんです」

信じていないのだろう、弘樹先輩は軽く頭を振って歩いていく。

友達が壊した時計を、先輩は捨てたのだろうか。でも、どういうわけか石の時計を拾い、ずっとそれを持っていた。

捨てた時計が本当に石になったかどうかはともかく、秀司は直せると言った。彼がそう言うのだから、先輩にも信じてほしかった。

5

仕事を終えて美容室を出ても、外はまだ夕暮れの黄色っぽい光に包まれていた。帰宅を急ぐ明里は、堤防の上を歩いていく。犬を散歩させる人とすれ違いながら、川の対岸に目をやると、部活帰りだろう中学生の姿が見えた。モスグリーンのベストは、近所で見かける制服のひとつだ。よく堤防をランニングしている、運動部の盛んな中学校の制服だと明里は認識していた。

弘樹先輩がいたのも、あの中学だろうか。そうだとしても違っていても、明里は想像する。先輩もこの町で、かつてはモスグリーンの制服を着て、あんなふうに友達どうしふざけ合いながら川沿いを歩いていたのだろうと。

時計の修理をキャンセルしたいと先輩が言い出してから、一週間以上が経《た》っていた。彼が秀司にそのことを伝えたのかどうかわからないが、伝えたとしたら秀司が何か言ってきそうなものだ。伝えてないなら、時計を直したいという気持ちがまだ少しはあるのだろうか。

　ぼんやりと、制服姿の男の子たちを眺めているうち、明里は、川向こうの一団に、本当に弘樹先輩がいるかのように感じていた。中でも背の高い男の子が、ひときわ身振りが大きくて目立つ。やっぱり、弘樹先輩だ。みんなを楽しませようとする気持ちが人一倍強いから、彼がいると周囲もよく笑う。

　彼だけが、自転車を引いていた。ひとりだけ自転車通学なのだろう。そうだ、先輩は友達に自転車を貸したと言っていたではないか。他の生徒はきっと、電車やバスで通っているのだろう。

　やがて先輩は、みんなに手を振って橋の方へ向きを変えた。自転車には乗ろうとせず、それを押しながら橋を渡る。ブレーキが壊れているから乗らないのだろうか。川のこちら側へ橋を渡って歩いてくる彼は、友達とふざけていたときとはうって変わって足取りが重い。唇を結んで、心の内を抑え込んでいるかのようだ。ふと欄干のそばで立ち止まり、物思うように川面を眺める。

　右手に何かを握っている。川に向かって腕を振り上げる。夕焼けを反射してきらりと光るのは金属だ。

　時計。

とっさに明里は声を上げた。

「捨てないで！」

しかし時計は彼の手から投げ出される。夕陽色の光を反射しながら、橋の下方にある土手へ落ちていく。堤防の上から明里はそれを目で追い、草むらへ落ちた瞬間、カン、という軽い音とともに二、三度跳ねた金属製のものを見守った。

時計ではなかった。空き缶だ。あわてて橋の上に視線を戻すと、男の子と目が合う。モスグリーンの制服を着た、知らない少年だ。明里がポイ捨てをとがめたと思ったのだろう、舌打ちして、急いで自転車にまたがると、逃げるように去っていった。


「明里さん、何やってるんだ？　ゴミ拾いか？」

草むらへ入って空き缶を拾っていると声がした。土手の上から太一がこちらを見下ろしている。「何でもない」と言いながら道へ上がった明里は、自販機の横に置かれたゴミ箱へ空き缶を捨てた。

「捨てないでって、それのことか？」

「……聞いてたの？」

「あんな大きな声、広範囲で聞こえるよ」

恥ずかしい。周囲にあまり人がいなかったのが幸いだったが、太一に聞かれたのは恥ずかしい。きっと秀司に話してしまうだろう。

「あれは、大事なものを捨てるんじゃないかと思っただけなの」

「あの中学生、知り合いか？」

「知らないけど」

わけがわからないといった顔で太一は肩をすくめた。

「そうだ、あやしい男とすれ違わなかったか？」

「あやしい男？」

「ああ、化石泥棒だよ。神社の石垣でツクモさんの化石を盗ろうとしてたんだ。こっちへ逃げていったんだけどな」

「泥棒って、化石は誰のものでもないでしょう？」

「神社は俺の縄張りなんだから俺のものだ」

「神様の縄張りじゃ……？」

「そうだけど、ツクモさんは気にしないから俺のもんなの」

断言すると太一はまた鋭い目を周囲に向ける。

「俺はあっちを捜すから、明里さんはそっちを捜してくれ」

明里が協力するのは当然であるかのように彼は言い、土手の方を覗き込みながら歩き出す。明里はもちろん、無視して帰るつもりだった。が、立ち去ろうとしたそのとき、何気なく自販機の後ろへ視線を動かすと、しゃがみ込んでいる人と目があった。

「……泥棒？」

明里がつぶやくと同時に、そこにいた男がはじかれたように駆け出す。反射的に明里は後を追う。男は川沿いの土手を駆け下り、下の道を横切り、路地へと入っていく。

このあたりの路地は昔ながらの区画であるため狭く複雑だ。慣れた人でないと、同じところをぐるぐる回ったり、行き止まりばかりで出られなくなることがある。後を追う明里は、じきに袋小路へ男を追いつめ、通せんぼをするように立ちはだかった。

「泥棒じゃありません」

男はおずおずとそう言った。

「さっきの青年が、急に追いかけてきただけなんです」

浅黒い顔の中年男性だった。小柄で下がり気味の眉が気弱な印象に見えてしまうが、節くれ立った手は厚みがあり体はがっしりとしている。明里のことなど押しのけて逃げるのは簡単だろうに、女がひとり立ちはだかっただけで申し訳なさそうに小さくなっているのだ。泥棒なんて太一の言いがかりに違いないのに乗せられてしまった。

「あ……、わたしもつい、彼に言われて追いかけちゃっただけなんで。すみません」

何をやっているのだろうと頭を下げる。たとえこの人が、神社の石垣で化石を発見したからって、とがめられる理由はないではないか。

急いで道を開けようとした明里の肩に、誰かが手を置いた。太一かとあせって振り返ると、そこにいたのは秀司だった。

「新見さん、川沿いへ出ていくと太一と鉢合わせするかもしれません。あいつ、少々思い込みが激しくて。商店街へ抜けた方がいいと思いますよ」

いきなり二人に追いかけられて、まだ呆然《ぼうぜん》とした様子で新見と呼ばれた彼は秀司の顔を見ていたが、いくらか安心はしたのか、気弱な笑みを浮かべて頷いた。

「秀ちゃん、太一くんに会ったの？」

「さっき神社のそばを通りかかったら、太一が化石泥棒って叫んで新見さんを追いかけていくのが見えたんだ」

「ええと、こちらは秀ちゃんのお知り合い？」

「お客さんだよ」

「なんだ、そっか」

「今日は見積もりを出したから来てもらったんだ」

「はい。前金を払って、帰るところだったんです」

その道すがら、たまたま神社の石垣で太一に因縁をつけられたのだろう。

三人で、路地を商店街の方へ歩き出す。秀司が路地を案内して先を行くと、新見さんという彼が後に続く。

「神社の、作務衣を着た青年ですが、彼にはお兄さんがいるんでしょうか？」

　歩きながら、新見さんはそんなことを口にした。

「その、もう十年以上も前ですけど、小さな男の子と一緒に神社にいた人とよく似ていて。今の彼くらいの年齢で、作務衣を着ていて、神社の関係者みたいでした」

「お兄さんは……どうだろ。聞いたことがないですけど、親戚なら似た人がいるかもしれませんね。彼は神社の親戚筋なんで、以前にも親族の誰かが神社の手伝いをしていたらしいのは聞いたことがあります」

「そうですか」

　と納得した様子で頷いたが、太一のことはまだ気にしたように問う。

「化石が好きなんでしょうか」

「子供みたいに、単に目新しいものが好きなんですよ。昔、蟬の化石をもらったことがあるとか。あ、その角の向こうが商店街です」

　秀司が指差すと、考え込んでいた様子の新見さんは、はっとした様子で顔を上げた。

「本当だ。駅はどちらの方でしょう」

「右手です」

　角で立ち止まった新見さんは、ふと真剣な眼差しで秀司に向き直った。

「飯田さん、さっきのお話ですが、あなたのおっしゃるとおりにしようと思います」

そうして丁寧に頭を下げる。

「どうか時計のこと、よろしくお願いします」

ただの修理にしては、娘を嫁にでも出すような口調だった。

「はい、必ず元通りになりますからご安心ください」

秀司もまるで、時計を幸せにすると言いかねないくらい力が入っている。

でも、彼が時計を幸せにするつもりで店を開いているのは間違いないだろう。自分と縁があって持ちこまれた時計が、持ち主の元で長く時を刻んでいけることを願っている。できるなら、一生その人の時間を刻んでいってほしいと思っている。

それが石に彫った時計でも。

うっすらとオレンジ色だった空は、グレーから藍色へと変わりつつあった。商店街の街灯はすでに灯《とも》っているが、まだその光を実感するほど周囲は暗くない。

遠ざかる新見さんの後ろ姿は、少し傾いている、肩から掛けたカバンが重そうだ。ふくらんだカバンのポケットに、何が入っているのだろう。もしかしたら、神社の化石が……。

「そうだ明里ちゃん、中島さんのスピードマスターなんだけど、もうすぐ直るよ」

我に返った明里は、あわててバカバカしい妄想を追い出した。先輩の時計の方がずっと気がかりだったから、急いで頭を切り換える。

「先輩、もう直さなくていいとか言ってなかった？」

「いや、そんな連絡はなかったけど」

とすると、はっきりキャンセルはしていないのだ。それとも、明里に伝えたから白紙になったと思っているのだろうか。

「受け取りに来ないつもりかもしれないの。直し損になるかも」

しかし秀司は楽天的に笑った。

「来るよ、きっと」

*

それから間もなく、秀司は、弘樹先輩の時計修理が終わったと明里に言った。神社の森が突然蟬の声で満たされた日だった。

地中に眠っていた蟬の子たちは、ある日一斉に這《は》い出てきて木に登るのだろうか。石のように長いこと眠っていても、時が満ちたとたん、目覚めて木々を飛び回るのだ。朝、神社を通り抜けようとし、あまりの騒がしさに明里は足を止めて聞き入ってしまったほどだ。

朝から秀司は、弘樹先輩にメールで連絡したらしい。先輩が受け取りに来てくれるように願い、久しぶりに明里は社の前で手を合わせた。

「あーまったく、早くからうるさくて眠れやしない。梅雨が明けたとたんにこれだよ」

聞き慣れた声に振り返ると、社の脇に太一が座り込んでいた。

「これから夏の間こんな調子だなんて、うんざりだ」

ぼやきながら、ひさしの向こうに覗く、久しぶりに澄み切った青い空を見上げる。

「いっそ早起きすればいいじゃない。夏休みの宿題がはかどるよ」

「宿題？　俺は小学生じゃないぞ」

大学生だって宿題はあるだろう。もう夏休みに入っているのかどうか、普段もさぼってばかりいるように見える太一の生活からはわからないが。

「つまんねえ、もう化石探しもできないし」

「そうなの？　どうして？」

黙って彼が差し出した小石は、以前に見せてもらった蟬の幼虫の化石だったが、薄い板状のその石は、きれいに二つに割れていた。

「化石はみんな、地面から出て飛んでいったんだ」

「クロワッサンも？」

「あれはニセの化石だろ。手元に残ったのはニセ物ばかりだ」

でもそれは、太一の巾着にまだ大事そうにおさまっている。ニセ物でも、彼は化石探しを楽しんでいた。

「じゃあこれ、幼虫じゃなくて抜け殻？」

「そうだよ」

化石ごっこは終わったのだろうか。少し淋《さび》しそうに、けれど口の端をかすかに上げて、彼は目を細めた。


もしも太一の言うように、地面の下にあった化石が、地上へと、さらに高い木の上へと向かう時が来たのだとしたら、弘樹先輩の時計も十五年の時を経て、ようやく脱皮をしたのかもしれない。

石の殻を脱ぎ捨て、ぴかぴか光る時計になって動き出した。そんな想像をする明里の目の前に現れたのは、想像したとおり銀色に光る腕時計だった。

秒針が動いていた。静かな場所で耳を近づければ、中で振動するテンプの、軽やかなリズムが聞こえるだろう。

「脱皮したんだ」

思わず明里がそう言うと、「脱皮だって？」と不機嫌な声を上げたのは、その場にいた弘樹先輩だった。

修理が終わったと秀司が連絡を入れた日、仕事帰りに先輩は時計店へ現れた。明里もちょうど、時計を見せてもらおうと訪ねたところだった。

来客用のソファに腰掛けた先輩は、ビロード張りのトレーに置かれたスピードマスターに顔を近づけてよく見ようとする。手に取るのをためらっているのは、脱皮と聞いてなんとなく気味が悪いからだろうか。

「どうぞ。あなたの時計です」

「僕のだって？　どこかから中古のスピードマスターを調達したんじゃないのかな」

「よくごらんになってください。見覚えはありませんか？」

「そりゃ、同じものに見えるよ。同じデザインなんだから」

「でも石に色はついていませんでした。文字盤やフレームの色は同じですか？」

そこにある時計の文字盤は濃いブルーだった。たしかにそれは、石の彫刻を見ただけではわからない。明里は漠然と白っぽいものを思い浮かべていたくらいだ。

「ああ、この色だけど、だからって石が時計になるなんて信じられるかな？」

彼自身が、石になった時計を修理してくれと持ち込んだくせに、そんなふうに言う。もちろんそれは、少しばかり明里と秀司をからかうつもりだっただけだから、直ったなどと目の前に時計を置かれても信じられないのは当然だろう。

秀司は黙って、先輩からあずかった石をテーブルに置いた。

「なんだ、やっぱり石のままじゃないか。これが時計になったなら、石があるのはおかしいでしょう」

「これは抜け殻ですから」

平然と言う秀司に、今度は先輩が黙る。

「お預かりした石の時計と、まったく同じタイプの中古の時計を調達することは可能です。でも、石のここ、外側のフレーム部分に傷があるでしょう？　お預かりしたときにもあった傷ですが、脱皮した時計の方も、同じところに傷があります」

石と時計とをまじまじと見比べていた彼は、驚いているようにも見えたが、顔を上げた時には疑わしげに片方の眉を上げた。

「きみが中古の時計にも同じところに傷をつけたんじゃないのか？　シリアルナンバーが一致するのでもなけりゃ、同じ時計だなんて信じられない」

「残念ながら、石の方はナンバーのあるべき場所が埋まっていますので確認できません。もちろん、疑うことはいくらでもできます。でも、信じることもできるのではないでしょうか。これは、あなたが取り戻したいと願い続けた時計なんです」

「僕が、願い続けた？」

「十五年も石の時計を持っていたわけでしょう？」

先輩は複雑な顔をした。ひそめた眉は、怒っているというよりは悲しそうだ。トレーに置かれた時計に、おそるおそる手をのばす。

ようやく手のひらに時計を乗せ、目を閉じる。ずっしりとした重さを確かめたのだろうか。それとも時計のかすかな振動を感じ取ろうとしたのだろうか。やがて目を開けると、ぽつりとつぶやいた。

「動いてる」

秒針は確実に時を刻んでいる。サイドについたボタンを押すと、クロノグラフの針が正確に動き出す。

「石になるまで、時計は動いていました。壊れてはいなかったんです」

秀司はまるで、知っているかのようにそう言った。

「ああ……、あいつは壊れたと思ってた。僕の代わりに壊そうとしたんだろうけど、そのときはまだ動いていた」

友達が床に落としたけれど、傷らしい傷もなかったのだと先輩は言った。厚みのあるフレームも、表面のガラスにも異常はなかった。ボタンを押せば、クロノグラフはスタートした。

先輩は、そんな時計に腹が立ったのだ。

ブレーキの壊れた自転車で、自分が先に怪我でもしていればよかったと思った。友人の方がこれからもいい選手としてやっていけるだろう。自分は、これ以上走っても負け続けるだけだ。なのに時計は、まだ動いている。走ればいいじゃないか。今がチャンスだ。ライバルはいないんだから、また選手になれる。

やめたいという気持ちと裏腹な時計。かつて彼は、時計とひとつだった。それが刻む一分一秒を頼りにタイムを縮めることが楽しく、爽快だった。時計は弘樹先輩に、走る喜びを思い出させる。

でも、タイムが伸びなくなると、時計の針を確かめるのは苦痛になった。なぜ、まだ動いてる？　なぜ無傷なんだ？　走れなくなったって構わないのに。

壊れてしまえばいい。

その帰り道、津雲川に架かる橋から彼は時計を投げ捨てた。土手下の草むらへ落ちた時計が、今度こそ壊れたかどうかを確かめることもなく、目を背け、立ち去ったのだ。

「でもその夜、急に不安が押し寄せてきた。大事な相棒がいなくなったようで、落ち着かなかった。風呂に入るときと寝るときははずしてたけど、いつも手の届くところにあったのに、もうない」

陸上をやめるというのは、こういうことなんだと気がついた。自分の一部が消滅して、空洞になったかのようだった。つらいことから逃れられたとは思えず、これから何をすればいいのか、自分が打ち込めるもの、楽しめるもの、心浮き立つもの、見つからなければどうするのだろうという不安だけが大きくのしかかった。

翌日、同じクラブの仲間が、弘樹先輩を心配して集まってきた。昨日、一緒に友人を見舞いに行った仲間は、先輩が責められた場に居合わせていたのだ。仲間たちはみんな、おまえのせいじゃないと言った。友人がまたクラブに戻れるようになるまで、みんなで励まそうというのだ。

「そうだ、僕が悪いわけじゃない。わざとブレーキのことを黙っていたわけじゃない。とにかく、もういちど選手になれるチャンスがあるんだ、今度こそ力を出せるかもしれない」

弘樹先輩は、捨てた時計を探そうと河原へ行った。時計が見つかれば、走ることを許されるような気がした。落としても壊れなかった時計が、彼が正しいことを証明してくれるはずだ。

わざとじゃない。悪くないんだと。

けれど時計は見つからない。

わざとじゃない。本当にそうか？

探しながら彼は、このまま時計が見つからなければ、悪意で怪我をさせたことを認めなければならないような気がしはじめていた。先輩の無実の証《あかし》が、落としても壊れなかった時計なら、それが見つからなければ彼が悪いことになる。

「あいつが怪我をすればいいと思ったから、ブレーキのことを黙っていた。そう認めたくなくて、必死になって探したんだ」

先輩は、翌日も時計を探し続けた。また次の日も。そして見つけたのは、石になったスピードマスターだった。

「僕はわからなくなった。自分に悪意があったのかどうか。でも、そんなことより、ひとつだけはっきりわかった。時計は、僕のタイムを計ることを永遠に拒んだ。それが結論なんだと思った」

そうして彼は走るのをやめた。その年の秋、父親の都合で急に引っ越すことになり、新しい土地で高校へ入学し、事故のことを知る人は周囲にいなくなったけれど、陸上部へ入ろうとはしなかった。

「わざとじゃなかったと思います。あなたはおそらく、軽い気持ちで自転車を貸したはずです。いつもそうしていたように」

黙って話を聞いていた秀司が、不意にそう言った。

「いつも?」

問い返したのは明里だ。先輩は戸惑いながら秀司をじっと見た。

「中島さん、自転車通学をしてたんでしょう? 陸上部でそうしていたのがあなただけだったのかどうかは知りません。ただ、あなたは自転車を、よく仲間たちに貸していた。部活後の買い出しのために、人に貸したのははじめてではないでしょうし、川縁でのランニングや練習のとき、伴走する人に貸すこともあったのではありませんか? ブレーキの故障は片方だけだから、危険だとはいえ修理しないままに乗っていたその自転車を、何人かのクラブ仲間は使っていたはずです。たぶんあなたの周囲は、ブレーキに気をつけて乗らなければならないことも知っていたと思います」

堤防でのランニング、自転車の伴走、ふと弘樹先輩のように見えた自転車通学の少年を、明里は思い出す。秀司も、川縁を走る中高生をよく見かけていただろう。そして、自転車の貸し借りが日常だったとの考えに至ったのだ。

十五年前に、弘樹先輩も、自分の自転車を伴走に貸したかもしれない。おそらく一度ではなく何度も。そうして、ブレーキの故障が周囲の暗黙の了解になっていたなら、わざわざ伝える必要を感じなかったとしても不思議はない。

「怪我をした友達が、たまたまあなたの自転車を借りるのははじめてで、ブレーキのことを知らなかったのか、知っていたものの忘れていただけかはわかりません。たとえブレーキが壊れていなくても、事故は起こったかもしれません。でも、わざと黙っていたわけじゃなかった。ただ、怪我でもすればやめられるとふざけ半分に言った自分への嫌悪と、友人の怪我をやめる言い訳にした罪悪感から、すべて自分が悪いように感じていたんです」

先輩は身動きしなかった。秀司をじっと見据えたままだ。

「明里ちゃんに、少し、事情を聞きました。すみません」

やがて、力を抜くように彼は息をついた。

「……僕にとっては、わざとやったのと同じくらい、卑怯《ひきょう》なことだった。あいつの怪我に乗じるのも、あいつを自分の挫折の言い訳にするのも」

「先輩、もう、自分を許してもいいと思います。挫折とかじゃないと思うんです。ずっと、走ることから離れてなかったじゃないですか。先輩は、陸上をやめたことなんてないんです」

明里の主張に、彼は不思議そうな顔を向けた。

「だって、石の時計、捨てなかったんですよね」

走ることを、走っていた自分を忘れられなかったからだ。じゅうぶんに長いこと、彼は苦しんできた。これ以上苦しまないでほしい。

「いつかまた動き出すかもしれないって、誰よりも先輩自身が信じていたんじゃないですか？」

時計とそっくりの石に手をのばし、彼は大事そうにそっと撫《な》でた。

「不思議で、だからなんだか怖くて、捨ててはいけないような気がしたんだ」

石は、先輩の時計を丸ごと閉じこめた。十五年間、それは動いてはいなくても壊れてもいなかった。時計とともに、先輩も足を止めていたけれど、二度と走れなくなったわけじゃない。

「あり得ないことだけれど、落とした時計と同じ形をした石が、同じ場所で見つかるなんて不思議なことが起こったのだから、その逆もあるんじゃないか。もしもこれが元の時計に戻ることがあるなら、僕の罪が許されるときだろうかと……」

「じゃあ、先輩はもう許されたんです。時計は元に戻りました」

明里は懸命に言う。

「また、走ってください。この町へ戻ってきて、石が時計に戻ったんですから、何もかも元通りです」

「仁科は、やさしいんだな」

うつむいていた顔を上げたかと思うと、先輩はそんなことを言いだした。

「ええっ、わたしがですか?」

「知らなかった。昔は、同じクラブの仲間ってくらいで、みんなでがやがややってても、一対一でよく話すってわけじゃなかったもんな。知らなかったなんて、損したかな」

あははと笑い飛ばす彼の最後の言葉は、昔からよく言う冗談だと明里は知っているが、秀司の反応が気になってつい苦笑いになってしまった。

「そうだ、修理代はいくらに?」

「いいえ、その必要はありません。時計は石から脱皮したんです。時計師の修理の仕事じゃありませんから」

「しかし」

「疑うんですか？　石になった時計が生き返ったことを」

「いや、それは」

困惑しつつ先輩は首を傾げる。

さすがに無料はだめだろうと食い下がる彼をかたくなに拒絶し、秀司は最終的に先輩を納得させた。

元に戻ったスピードマスターを腕にはめ、じっと見つめる先輩は自信を取り戻したようで凜々《りり》しく見えた。

「石の、フレームのところの傷は、僕が不注意でつけたんだ」

ふとそんなことをつぶやく。

「こっちへ引っ越したとき、ちょっとぶつけた傷なのに、時計の方にも偶然同じ傷があったんだとしたら、不思議だな」

「不思議じゃありませんよ、同じものですから」

あくまで言い切る秀司に、降参するように彼は両手をあげた。

「ええ、信じますよ。疑うより、ずっといい」

ドア際で振り返った先輩は、あらためて秀司に礼を言った。

「時計が石になって、結局僕は救われていたのかもしれないな。あのとき、時計が見つかってても見つからなくても、本当の意味で大きな挫折をしていたかもしれない。あのときのことと自分の気持ちを、正直に見つめるだけの時間を、石がくれたんだ」

そして店を後にした先輩は、飯田時計店のショーウィンドウをちらりと見て、背筋を伸ばすように空を仰いで歩いていった。

見送りながら、明里はつぶやく。

「十五年は長いけど、先輩には、自分を許すための時間が必要だったのね。ようやく、どんな時計でも修理できるって聞いて、預けてみたいと思えるようになったのかな」

「化石は、時が止まっているものじゃないからね。時が積み重なってできたものだろう？　石の時計も、彼の元で時を積み重ねて、今やっと機が熟したってことなんだろうな」

たまたま秀司が、石と同じタイプのスピードマスターを手に入れたとき、先輩は、自分の殻を砕きたいと心から望んだ。二つのきっかけがうまく重なって、石になった時間にも再生のときが訪れたのだろう。

殻を破って、夏の空へ飛び立っていく蟬のように。

6

飯田時計店のドアベルを鳴らして、小柄な男がそっと中へ入ってきた。工房から店舗へと出ていった秀司は、男に会釈をしてカウンターの奥にある引き出しを開けた。

「お預かりしていた時計、こちらで間違いありませんね？」

テーブルに置いたのは石の時計だ。男は頷き、椅子に腰をおろした。

「新見さん、今日はお仕事の帰りですか？　遠方なのに、何度も来ていただいてすみません」

「いいえ、車で一時間くらいです。今日は仕事で市内のお寺を訪れたところだったので、ちょうどよかった」

最初に店を訪れたときもそうだったが、新見は作業着姿だった。その胸元、ポケットのところには勤め先の名称が刺繍《ししゅう》されている。〝山本石材店〟だ。

「ああそうだ。これ、修理代です」

「確かに頂戴します」

秀司が領収書を書いている間、新見は手元に戻ってきた時計を愛おしそうに眺めた。

「懐かしいな。お帰り」

石に彫刻された時計に、そんなふうに語りかける。

「こうして見ると、自分が彫ったとはいえ、ずいぶんよくできてる。本物そっくりだなあ」

「ええ、時計の化石だと言われたら信じてしまいそうなくらいです。新見さんは手先が器用なんですね」

「昔から彫刻が好きで」

「化石もでしょう?」

石の中に時計が埋まっているかのような彫刻は、明らかに化石をイメージしている。

「化石を掘り出す仕事をしたいと思ったこともありましたが、どうにも自分の好きな形を創作してしまいそうで」

照れくさそうに頭をかいて、それから彼はかしこまったように両手をひざの上に置いた。

「これでやっと、親孝行ができたような気がします。私のしたことをもしも母が知ったら、けっして喜びはしなかったでしょう。あのままでは、亡き母に詫びる方法もなく、私は嘘《うそ》をつき続けるところでした」

「お母さまのためだったんですか」

新見の事情は、秀司はよく知らなかった。ただ彼が、十五年前せっぱ詰まった状況で、拾った時計を売ったのだろうということは想像していた。

「はい。母が病気になり、入院と治療にお金がいるというのに、私は、失業中でした」

そんなとき彼は、中学生が津雲川の橋の上から時計を投げ捨てるところを見た。少年の、打ちのめされたかのような苦しげな表情が気になって、それが落ちた土手を確かめると、時計はすぐに見つかった。

腕時計なんて、量販店で実用的なものを買えばじゅうぶんだと思っていた彼は、まったくそういったものに詳しくはなかったが、拾った時計が高価なものだというくらいはわかる。

茂った草がクッションになったのか、時計は目立つ傷もなくきれいなものだったが、動いていなかった。少なくとも彼はそう思った。

「子供なのにずいぶん高そうな時計を持っていて、簡単に捨ててしまう。裕福な家の子なんだろう、捨てたものだし構わないじゃないか。そう思って、時計をポケットへ入れました。売ればいくらかになると思ったんです」

翌日彼は、古道具屋がないかと商店街へ向かった。が、どうやら時計屋しかない。どうせなら、動くように直してもらったほうが売るにしても値切られないだろう。そう考えた彼は、飯田時計店のドアをくぐった。

「電池が切れたようだと、動かない秒針を示して店主に見せました。あのとき私は、電池さえ替えてもらえば動くと、それくらいなら安いものだと思い込んでいたんです」

当時店主だった秀司の祖父は、時計を手に取るまでもなく言った。『電池切れではありませんよ。これはクォーツではなく機械式です』

そして、新見が秒針だと思っていた細長い針を指し、『ストップウォッチの針と同じものです。通常は止まっている状態です。秒針はこのインダイアル、つまり小さな円の中にある針ですが、止まっているのはゼンマイが切れたからでしょう。巻けばきちんと動きますよ』

「さすがに決まりが悪くて。私が持ち主でないのは一目瞭然でしたでしょう。盗んだと思われたかもしれないと、冷や汗が出ました」

そんな新見に気づいているのかいないのか、秀司の祖父は、飄々《ひょうひょう》とその時計について語っていたという。

『ずいぶんきれいですね。毎日ちゃんと汚れを取って、丁寧に使ってらっしゃいましたね。そうすると時計も、持ち主に馴染もうとするんです。そっくり同じ時計が世の中にいくつあっても、自分に馴染んだ時計はもう唯一無二のもの。かすかな音の違い、竜頭のなめらかな動きかた、そんな小さな癖のようなものが、その時計にしかない個性に思えて情がわきます。たとえ壊れてしまっても、簡単には捨てられません』

気がつくと新見は、逃げるように店を出ていた。

いつの間にか川沿いの堤防を歩いていた。そして彼は、はっとした。橋の下の土手に、モスグリーンの制服を着た中学生がいる。何かを必死で探しているようだ。時計だ。あの少年は、時計を捨てていた子だ。

返すべきだろう。ポケットに入れた手は、彼の時計に触れている。しかし新見は足を止めることはできなかった。少年がしゃがみ込んでいる土手の上を足早に通り過ぎた。

「時計は返せませんでした。売ってしまった代わりに、石に彫刻をして橋の下へ置きました。それを見つけたら、時計を探すのはあきらめてくれるのではないかと思ったんです。誰かが持っていって、ふざけて石を置いていったんだと、あきらめてくれるかと。でないと彼が、いつまでも探し続けるような気がして。飯田さんの話を聞いたからでしょう」

新見はときどき、石に彫った〝作品〟を、子供たちにあげたり、公園の砂場や草むらへ忍ばせておいたりすることがあった。ちょっとしたいたずら心でもあったが、見つけた子供が化石に興味を持ってくれるといいという気持ちもあったという。だから、時計を石に彫刻するというのも彼にとっては自然な思いつきだったのだ。

その後の新見は、日々の生活に忙殺され、売った時計のことは忘れた。母親の看病の合間に昼も夜も働き、どうにか石材店での安定した仕事を得たものの、生活は苦しかった。

時計のことを思い出したのは、数年前、母親が亡くなる直前の時期だ。母親はふと彼に時計の話をした。石の時計の方だ。土手へ置く前に、徹夜で仕上げた彫刻を何気なく母親に見せた。なかなかのできだったからだ。そのことを母親はおぼえていたようだった。

『そう……あの時計の彫刻、よくできてたわ。お父さんが持ってた時計に似てたわね。大事にしてたのに売ってしまったの。形見に取っておけば、あなたが使えたのに』

新見の父親は早くに亡くなっていた。父親のことはぼんやりおぼえているが、時計については残念ながら記憶になかった。

『あんな時計がほしかった？　子供の頃、おもちゃもあまり買ってあげられなかったから、あなたは消しゴムを彫ってミニカーにしてたわね。今も、好きなものも買えなくてごめんね』

母親は、働き盛りの息子でも子供のように思うのだろうか。

「好きなものもほしいものも持っている。彫刻をするのは楽しいし、想像どおりの化石を作ることができる。他にはとりたててほしいものもない。でもそのとき、本物の時計を母に見せたくなりました。まじめに働いているし、少しだけど貯金もしている。ほしいものを買うことくらいできる。とっくに父の年齢を越えた。一人前になったのだから安心してほしいと伝えたかった」

そこで彼は、中古のスピードマスターを買った。母に見せた石の彫刻と同じ、十五年前に彼が売ったものと同じ製品だった。

「でも、一人前なんかじゃないですよね。拾った時計を売ったのに、母の前で同じ時計をして胸を張ったなんてどうかしています」

それでも新見の母親は何も知らず、時計を身につけた息子を誇らしげに眺め、そして息を引き取った。

母親の死を機に、新見は県外へ引っ越したが、命日に墓参りをするときは津雲川の流れるこの町へ戻ってきた。墓前では時計をつけることにしていた。今年もそうした帰りがけに、神社の前を通りかかった。参拝をしようとめずらしく思いつき、手水舎《てみずしゃ》で時計をはずしたとき、誤って落としてしまい、どうにも動きがおかしくなった。

「そのとき、近くに時計屋があったと思い出しまして。あの老人が私をおぼえているはずはないだろうと、時計を持ち込んだわけです」

秀司も、ありふれた修理依頼のつもりで時計をあずかったのだった。

「神社の神様が、私にチャンスをくれたのかもしれませんね。あのとき、少年に返せなかった時計を返す機会を」

しかし秀司は思う。昔恥をかいた店に入るのは、なんとなくためらうものだろう。新見がもういちど入ることにしたのは、ショーウィンドウのプレートを見たからではないだろうか。修理なら、どこで頼んでもそう変わらないし、自宅や職場に近い方がずっと便利だ。

彼も、拾った時計を売ったことをすっかり忘れていたわけではない。心のどこかに引っかかっていたからこそ、プレートを見て、あのとき入った時計店のドアを再びくぐった。

その後、弘樹から石の時計をあずかったとき、秀司は直感した。これを彫ったのは新見ではないだろうかと。

石材店に勤める彼は、石を扱うことに慣れているし、そっくりに彫刻できるのかもしれない。何より十五年前に店へ来たことがあると言った。機械式を電池切れだと思ったのは、自分の時計を持ち込んだのではないから。子供の頃に亡くなった父の形見を使おうと思い立ったのだと新見は話したが、彼が持ち込んだスピードマスターは、そういった古いものとは製造年が違っていた。

「石の時計を見せられたときは驚きました。でも、時計を返す気はないかと持ちかけられたのには正直困惑したんです。中古で私が買ったのは、十五年前に売ってしまった少年の時計そのものではないでしょう。それに、私にとっては母との思い出もある時計です。石を持っていた青年には、あのとき時計を売って得たお金を返せばいいのではないか。そうも考えました」

しかし彼は、時計を交換することに同意した。

「先日、化石泥棒と間違えられたあのときですが、橋のそばでモスグリーンの制服を着た男子生徒が、土手に何か投げ捨てるのを見ました。よく見かける制服だし、子供が何か川に投げ捨てるのもよくある光景です。ぼんやりと見ていただけなんですが、次の瞬間に誰かが叫んだんです。『捨てないで！』って。そのとき、目の前に十五年前の情景が浮かびました。時計を捨てた男の子のことを思い出し、その後捨てたことを後悔してか、必死になって探していた様子を思い出したんです。彼は、私が詫びともいえない軽い気持ちで置いた石を、今でも持っていた。それが、なくした時計と自分をつなぐ唯一のものかもしれないから。それくらい失いたくないものだったんだと気づかされました」

最初は恥じ入った様子だった新見だが、胸につかえていたことを話し終えると、最後は晴れ晴れとした顔で石の時計を大事そうにカバンに入れた。

「次の命日には、この石を持っていきます。その方がずっと、母もよろこんでくれるはずですね」

彼が作ったもの。彼の才能そのものだから、母親は、中古の腕時計よりできのいい彫刻の方が彼を幸福にすると知っていただろう。彼女が死の間際に時計のことを話題にしたのは、本当のところ、細密な時計の彫刻を、息子の作品を、もういちどだけ見たかったのかもしれない。

＊　＊　＊

「ふうん、そっか。石の彫刻、新見さんが作ったものだったんだね」

秀司がいきさつを話し終えたとき、明里は、しみじみとそう言った。明里が勤める美容室の近くで待ち合わせをして、二人で食事に出かけたところだった。

「新見さんも、そのお母さんも、それに先輩も、二つの時計に救われてたのかな」

「そうだといいね」

入れ替わった時計によって、つらい時期を分け合ったような彼らだった。それぞれが、自分のふがいなさや罪悪感にさいなまれながらも、決定的に押しつぶされることはなく、少しずつ救われていた。

「でも、すごいね秀ちゃん。弘樹先輩の時計を直すって断言したときには、新見さんが時計と石を入れ替えた人だってわかってたんだ」

「うん。新見さんが自分のスピードマスターを手放してくれるかどうかは、確信がなかったけどね」

新見がその決意をした声、〝捨てないで〟と叫んだのは明里かもしれないと、秀司はふと思いついていた。中島弘樹の話を聞き、橋の上から物を捨てる中学生に当時の情景を重ねたとしたら明里かもしれない。あのとき彼女が新見の近くにいたのは確かだ。

「な、何？」

じっと見ていたら、びっくりしたような顔をする。日頃から、些細《ささい》なことによく驚いている彼女は不思議でおもしろい。

「おいしいね、ここのピザ」

でも、秀司が笑うとすぐに笑顔になる。

「よかった。美紀ちゃんにいい店がないか聞いておいたの」

女性のグループが目立つ、窯《かま》のあるピザ屋で分け合って食べた。人気店らしく、少し列ができていたが、並んだ価値はあっただろう。こういう店だと、どうしても男だけでは入ろうということにならないため、親しい女性がいないと来る機会はない。そんな店内で、テーブルに飾られたマーブルピンクのキャンドルを眺めているなんて、秀司は自分の日々が変わったことをあらためて感じている。

明里と出会って変わった。仕事も商店街も、とりたてて変わらないけれど、ちょっとしたことが晴れやかに華やかに感じられるようになったと思う。

「ねえ、時計と石の彫刻は、同じところに傷があったでしょう？　石の方は、弘樹先輩が引っ越しの時につけたって言ってたけど、時計の傷はいつからあったの？」

「津雲神社の手水舎で落としたときだって。それで調子が悪くなって、新見さんは商店街の時計屋を思い出したんだ」

「じゃあ、同じ傷は偶然のいたずらなんだ……」

秀司は、その偶然を必然のように感じている。

「あれは、縁で刻まれたシリアルナンバーみたいなものかと思うんだ」

「シリアルナンバー？　ひとつずつに違う番号がついてるやつ？」

「そう。中島さんが捨てた時計のシリアルナンバーはもうわからないし、石にはもちろんナンバーはついていなかった。でも、同じ時計なんだって、時計自身が伝えたかったのかもしれない」

　新見が売った時計と、買った中古の時計が、たまたま同じである可能性は高くはない。けれど、石の彫刻が本物の時計の写し身のようなものなら、片方に傷がつけばもう片方にもつくのかもしれないと、信じてみたくなる。

「本当のことを知ってるのは、時計だけだもんね。だったら、自分が本当は誰の時計か、主張したくなるかもしれないね」

　そう主張するかのように、そして持ち主の元へ戻るチャンスを逃すまいとするように、時計は神社で新見の手から滑り落ちた。

　そんなことを空想する。本当のことはわからないからこそできる想像が、関わった人たちをほんの少しでも幸せにできるなら、真実でなくていいと秀司は思う。明里も同じ気持ちだろう。


　食事を終えて外へ出ると、湿った空気が肺へ流れ込んだ。夜になってもあまり涼しくならないようだ。それでも、梅雨が明けた町はネオンの色も鮮やかに見え、たくさん人が行き交っている。商店街とは違い、県下でもいちばんの繁華街は、普段の日なのにお祭りでもあるかのようだ。

「どこか寄る？」

秀司が問うと、明里は少し考えて言った。

「うーん、ワイン買って帰ろうか。駅のそばのリカーショップ、お手頃でいいのが買えるの」

そうして彼女は、先回りするように付け足す。

「弱いくせにって思ったでしょ。でもね、少しだけ、味とか雰囲気を楽しむのは好きなんだけど。だめ？」

「いいよ。前後不覚になった明里ちゃんはおもしろいから」

「え、いやもう、そうなる手前で節制します」

明里はすっかり懲りた様子だ。

「うーん、ちょっと残念」

「そう言われると……。でも、自分が何をしたか思い出せないのはやだもん」

信号待ちで立ち止まると、わずかな間にもそこに人がたまっていく。雑踏に流れる音楽、話し声、足音、見知らぬ人とぶつかりそうな距離。にぎやかな場所もたまにはいいけれど、静かな商店街が心地いいと思ってしまうのはどうだろう。

　商店街なのに、にぎやかであるべきなのに、秀司は今の商店街も好きなのだ。寂れてはいても潜在的にやさしい空気をかかえている商店街も愛おしい。そう思うようになったのは、たぶん明里が来てからだ。

「べつに、ひどくびっくりするようなことはしてなかったよ」

　不安げに、明里はこちらをじっと見る。本当だろうかと思っている。

「ひどく？　じゃ、ちょっとはびっくりしたってこと？」

「ま、いきなり着替えだしたときは……」

「わーっ！　もういいからっ！」

　人混みでつい大きな声を出してしまった明里は、あわてて口元を押さえた。

「楽しそうだなあ、仁科」

　と背後から急に声が割り込んだ。振り返ると、中島弘樹がすぐ後ろでにやりと笑った。信号待ちの間にこちらに気づき、背後へ歩み寄っていたようだ。

「せ、先輩……。美紀ちゃんも？」

　明里の話によく聞く、美紀という同僚が、秀司を見て会釈した。

「もしかして、明里ちゃんの彼ですか？　はじめまして」

「こんばんは」

「これからいつもの店に集まるんだ。二人も来る？　そうだ、飯田さん、この間のお礼に奢《おご》らせてよ」

「先輩、じゃましないでください」

秀司が答えるよりも先に、明里が口を出した。

「見てわからないですか？　デート中です」

彼女はたぶん、一生懸命に、秀司を不愉快な気分にさせまいとしている。妬けると以前に彼が言ったからだろう。今となっては、弘樹の軟派な口調も気にならないが、明里が一生懸命なのがうれしくもあるから、秀司は黙っていることにする。

「冷たいな。この間はやさしかったのに」

やさしくないです！　と明里はわけのわからない否定をした。

信号が変わると同時に、周囲の動きに押されるように、四人も横断歩道へ足を踏み出した。

「ねえねえ、そういえばあのときの賭はどうなった？」

美紀が言うのは、秀司が時計を直せなければ明里が弘樹の髪を切るというあれだろう。

「時計は直してもらったよ。ほら、これ」

弘樹は腕にしているスピードマスターを示してみせる。もとは石だった、などとは知らないのだろう美紀は、素直に「へえ」と納得する。

「彼氏が時計を直せなかったら、明里ちゃんが弘樹さんの髪を切るって勝手に決めたのあたしだけど、明里ちゃん、その話になると妙に暗い顔してたよね。まずい約束させたかなと思ってたけど、まるくおさまったのかな？」

「まあそうだな」

弘樹が笑い、なんとなくみんな笑って、渡りきった道の先で左右に分かれた。

また二人になって歩きながら、明里はほっとしたらしく大きく息をついた。

「わたしが言い出したんじゃなかったんだ」

「気になってたの？」

「そりゃ、秀ちゃんだけって自分から言っておきながら……。わたし自身、特別なことだと思ってるつもりなのに、そんな約束しちゃったのかなって、自分が情けなくて」

うつむきがちになる彼女の頭に軽く手を置く。

「気持ちよく酔ってたんだから、自分が言いたくないことを言うはずないよ」

好きな人に触れる心地よさがうれしくて、猫にするみたいに撫でてみる。足を止めた明里は、ふと寄りかかるようにして彼の肩に頭を押しつけた。

「でも、これからは気をつける。秀ちゃんと、どんな話をしてどんなふうに過ごしたか、おぼえていられないのはつまらないから」

肩を抱くと、彼女の方も腕を回す。

「わたし今、幸せかも」

「ピザにお酒入ってた？」

「うん、マルゲリータだったもん」

明里はひとりでくすくす笑う。少しは彼女もあまえてくれるようになっただろうか。だとしたらうれしいと思う。

「秀ちゃんといるとね、少しずつ違う自分になれるみたい。やさしくなれたり、素直になれたり、なんか、不思議」

秀司も、これまでとは違う自分に気づかされる。ここへ来たときは、のんびりとまどろんでいる商店街に溶け込んで、自分も大きな変化なんてないまま毎日同じ日々を繰り返していくのだろうと思っていた。

誰かと、苦しかったことを分け合って、身軽になれるなんて想像もしなかった。楽しいことや心地よさも分け合って、もっとやさしい気持ちになれると知った。

「早く帰ろう。ワイン買ってさ」

顔を上げて彼を見て、明里は大きく頷いた。

未来を開く鍵

1

目を覚ましたとき、彼女は病室にいた。何が起こったのかさっぱりわからなかったが、すぐに頭に浮かんだのは娘のことだった。辺りを見回し、娘を捜した。

半分開いたカーテンの向こうを覗《のぞ》き込む。隣のベッドでは見知らぬ老婦人が眠っている。あわてて体を起こすと頭痛がしたが、構わず他のベッドも確かめようとした。

どこにもいなかった。娘の姿がない。まだ小さい娘から目を離したことはない。いつでもそばにいたはずなのに。

「どうして、どうしていないの？」

力が抜けて彼女は床の上に座り込んだ。

「大丈夫ですか？　無茶をしちゃいけませんよ。あなたは事故に遭って……」

看護師らしい女性が近寄ってきて、彼女をかかえ起こそうとした。

「事故……。娘は……？　こんなことなら、あたしが身代わりになれたらよかったのに」

「心配いりません。お嬢さんもご無事です」

驚いた彼女が、涙に潤んだ目で見上げると、看護師はなだめるようににっこり笑った。

「まだ目は覚めてませんが、おそらく問題はなさそうですよ」

看護師にささえられ、隣の病室へ行くと、案内されたベッドには若い女性が横たわっていた。髪が長く、薄く化粧をしている。穏やかな寝息を立てているから、どこかが痛いわけでもないのだろう。幼い子供ではなかったことに最初は違和感があったが、事故のせいで混乱していたのだと思い直す。

洗面台のそばの鏡に自分の姿が映ると、おばあさんと言っていい年齢だ。そうだ。もうそんなに時間が経《た》ったのだ。娘がすっかり大きくなっていても不思議ではない。

「よかった、生きていて」

娘の名を呼びながら、髪を撫《な》でようと手をのばしたとき、自分の手に包帯が巻いてあることに気がついた。これだけの怪我ですんだようだ。以前の事故では、しばらく腕にギプスをはめていたことを思い出した。そうだ、前にも事故に遭った。もうずっと前にも。

考えようとすると頭痛がした。急いで考えるのをやめた。

「安心しました?」

「はい。さっきは、この子が小さかった頃の夢を見てたんです。あのときもあたし、……事故に遭ってしまって」

「そうですか。今回も運がよかったようですね。そうだ、お母さん、お名前や住所、書いていただけますか？」

看護師に用紙を手渡され、頷《うなず》いて椅子に腰をおろす。けれど、ペンを持つ手が動かなくなった。

名前。娘の名前はわかる。でも、あたしの名前は何だっただろう。

＊＊＊

にわかに空が曇り、焼けるような日差しをさえぎったかと思うと風が吹いて河原の草をゆらした。川の流れとは反対の方向に、草の波が流れていく。土手に座り込んでいる女性の長い髪も舞いあげる。

夕立が来そうだと、明里は急ぎ足で堤防に沿った道を歩いていく。そうして、ギンガムチェックのブラウスに、キャンバス地のトートバッグを肩に掛けたその人を、このところ何度か見かけていることに気がついた。

このあいだも、土手から川の方を眺めていた。何かがそこにあるのかと思ったが、川は普段と変わらずゆったりと流れていて、特に何もなさそうだった。

不思議には思うが、問うほどの興味があるわけでもない。ただ、もうすぐ雨が降り出しそうなのに、広い河原や堤防沿いには雨宿りできそうなところがないことを、彼女が気づいているのかどうかが気がかりだった。

暗くなった空のどこかで、低く空気を震わせて雷鳴が響く。と、彼女は急に立ち上がり、駅の方へ向かって歩きだした。反対に、自宅へ向かって歩いている明里とすれ違いながら、彼女は足を速めた。

あの足取りなら、雨が降る前に川沿いを離れることができるだろう。明里自身も、濡れる前に家へたどり着こうと急ぎながら考えたとき、また雷鳴がどこかでうなるような音を立てた。

神社の敷地を通り抜ける。社のそばで話し声が聞こえ、ちらりと様子をうかがうと、太一が切り株に腰掛けていた。注連縄《しめなわ》の巻かれたご神木なのに、彼はいつも平気で切り株によじ登ったりするのだ。

以前に落雷に撃たれて幹を切られることになったらしいご神木の切り株は、腰掛けた太一の足が少しばかり地面から浮くくらいの高さだ。そんな彼の足元に、犬がきちんとお座りをしている。白っぽい毛色の中型犬だ。

「これはどうだ?」

太一は犬を見下ろしながら、錆《さ》びたボルトを差し出す。犬はじっとそれを見て、小さくしっぽをゆらす。

「違うのか。……じゃあこいつだ」

今度はハンガーのフックの部分に明里には見えた。何をやっているのだろう。犬を相手に話しかけるなんて、相変わらず突飛《とっぴ》なことをする。

その犬は首輪をしていなかったが、首の辺りに茶色いブチがあり、それがちょうど、蝶《ちょう》ネクタイでもしているような形だった。

「今日の収穫はこれだけだ。また探しといてやるよ」

太一の言葉がわかるのだろうか、犬はゆっくり立ち上がり、くるりと体の向きを変えて立ち去った。軽やかな足取りだった。

「太一くん、ご神木に登るのはやめたら？」

明里が声をかけると、振り向いた彼は悪びれもせずににやりと笑う。

「見てたんだ。シュウに言うなよ」

明里が言いつけたとしても、秀司はお説教をしないだろうし、太一もべつに彼に叱られるとは思っていないだろうに。

「なんで言っちゃいけないの？」

「野良犬がうろついてるなんて、商店会長としては放っておけないだろ。でも、あの犬は利口だし人に悪さはしない。しばらくそっとしておいてやりたいんだ」

犬のことを内緒にしたいらしい。

「野良犬なの？」

「迷子だろうな」

「じゃあ、飼い主が保健所に届けてるかもしれないじゃない」

「届けてないよ」

「どうしてわかるの？」

「死んだんだ」

ふと遠くを見るように太一は目を細めた。

「それにあいつは、なくしたものを見つけなきゃならないらしい」

飼い主が死んだとか、犬が落とし物を探しているとか、いつもの太一の空想か。それよりも明里は、さらに近づいてきた雷鳴に気を取られる。

「夕立が来そう。太一くん、雷は苦手なんでしょ。早く社務所へ入った方がいいよ」

以前の太一は、遠い雷鳴にもずいぶん怯《おび》えていた。なのに今は、どういうわけか平然としている。明里が促してもあわてる様子はない。

「あれはこっちへは来ない」

などと自信たっぷりだ。

「ツクモさんがそう言ってる」

「雷はいつも挨拶に来るんじゃないの？」

「ちょっと前に、川のそばに落ちただろ。盛大に挨拶をしたばかりだから、当分こっちは通らないんだ」

最近、川で落雷があったという話は秀司に聞いていた。明里は仕事に出かけていたので、音も何も聞いていないが、話が頭に残っていたから、川沿いで雷雨に遭遇したくなくて急いだのだ。

しかし、いくら雷嫌いの太一が悠長にしていても、そんな理由では明里は安心できない。

「このご神木も落雷に遭ったんでしょう？　これも盛大な挨拶だったの？　神様、よく怒らなかったね」

「あのときは、雷がうっかり目測を誤ったんだな。それで当分、ツクモさんに頭が上がらなくなったのさ」

太一はこの、日本昔話みたいな擬人化を気に入っているのだろう。また始まったと思いながら、ふうん、といつものように曖昧《あいまい》な返事をする明里に、太一はまじめな顔で付け加えた。

「雨は少しだけど降るぞ。明里さんこそ、濡れたくないなら早く帰った方がいいな」

ぽつりと雫《しずく》を肩に感じた。

「やだ、降ってきたみたい。じゃあまたね、太一くん」

ぱらぱらと降り出したかのようだったが、雨はそれ以上勢いを増すことはなかった。結局太一が言ったとおり、黒い雲は津雲神社付近を避けるように通り過ぎていったのか、家へたどり着いた明里が洗濯物を取り込んだときには、暗かった空が明るさを取り戻しはじめていた。

＊

「秀司くんの店、留守なのね。明里ちゃんと食べてもらおうと思ってスイカを持ってきたのに」

ヘアーサロン由井のチャイムを鳴らして現れた葉子さんは、ネットに入った丸ごとのスイカを明里に差し出した。濃い緑に黒い筋がくっきりと走っている。中身の赤い色を想像すると、何だか懐かしくさえある。

「わー、まるいスイカなんて久しぶり！　このごろ切り売りが多いですもんね」

「家族の人数が少なくなってるから。少人数じゃ、ひとつはなかなか食べきれないのよね。でもこれを割らないとスイカ食べたって気がしないでしょ？」

サロンの店内にある赤い待合い用ソファに腰掛けた葉子さんは、このごろ少しふっくらとして、やわらかい雰囲気になったように思う。いつものポニーテールも、彼女を快活に見せる髪型だと思ったが、不思議と今は後れ毛が可愛らしい。見るからに幸せそうに微笑《ほほえ》んで、明里が出した麦茶を飲む。

「秀司くんは出張？」

「ええ、ちょっと遠方の修理を頼まれたみたい」

「ひとりで食べちゃってもいいよ」

「いやー、まるごとは」

「ジュースにすれば平気」

「あ、それもおいしそう。だけど、ひとりじゃもったいないから、明日にでも持っていきます。太一くんも食べたがると思うし」

「太一くんって？」

「津雲神社の社務所に住んでる大学生です。神社関係者の親戚《しんせき》だとかで、境内の掃除とかしてますよ。秀ちゃんと親しいんです」

「へー、あの社務所、無人じゃなかったんだ」

　商店街の住人は、みんな太一のことをよく知っているような気がしていたから意外だった。しかし考えてみれば、彼が秀司以外の住人と話しているのを、明里は見たことがないかもしれない。

「そういえば、保が言ってたことがあるな。昔から、ときどき神職見習いか作務衣《さむえ》の若者がいて、子供の頃遊んでもらったことがあるって」

　そのころ、そこにいたのは太一ではないはずだが、作務衣は昔からの決まりごとなのだろう。

「それにしても、雷ひどくならなくてよかったね。近くに落ちるとびっくりするもんね」

　雨はもう上がっている。雷鳴もどこへ行ったのか聞こえない。真っ赤なスイカの色をした太陽が、家々の屋根に隠れようとしているのが、窓の向こうにちらりと見える。

「少し前に、川辺りに落ちたんですよね？」

「そう！　それで炊飯器が不調になったの。ま、炊飯器なら買い換えればいいけど、怪我人がいたってのはちょっとびっくりしたな」

「落雷で怪我人ですか？」

「あの日は、救急車が商店街を通り抜けていったから、みんな気になってたんでしょうね。酒屋の奥さんが後で教えてくれたんだけどね。河原にいた母娘《おやこ》が倒れたらしいよ。ほら、雷って少し離れてても落ちると地面を伝うんでしょう？」

「ホントですか？　やっぱり広いところは危険なんですね」

「そういえば、近くに犬もいたって話なの。二人の飼い犬なのかどうかわからないけど。

白い犬が川に落ちたのを見たって人がいるんだけど、どうなったのかな」

落雷、いなくなった白い犬。明里の中でふと、太一といた迷子の犬が思い浮かぶ。飼い主が死んだとかいう犬。まさか、落雷に遭った母娘が亡くなったなんてことはないだろうか。

「あの、怪我人は助かったんでしょうか」

あわてて問うと、葉子さんは首を傾《かし》げた。

「さあ、近くの人じゃなかったのかな。酒屋さんもそこまでは言ってなかった」

「そうですか」

ただ、なんとなく気になる。太一と一緒にいたあの犬が、落雷で川に落ちたせいで迷子になったなら、母娘の家へ返してやるべきではないだろうか。でないと、遅かれ早かれ野良犬として処理されてしまうだろう。犬が何やら落として、それを見つけないと帰れないという太一の話はともかく、母娘が無事なのか、ほかに家族がいるのかどうかもきちんと確かめて……。そこまで考え、明里は軽く頭を振った。

勝手にいろいろと想像してしまうのは、太一の影響に違いない。関係のないはずのことを空想で結びつけてしまう、これではおとぎ話を語る太一と同じレベルだ。

「犬は、無事なのかなあ」

「普通なら泳げるだろうけど、どうかなあ」

落雷で気を失っていたかもしれない。そんなことを明里はぼんやりと考える。河原に座っていた女性の、ギンガムチェックのブラウスが、なぜか脳裏に浮かんだ。

失った何かが川面を流れてくるのではないかと期待するように、彼女の視線がじっとそこに定められていたからだろうか。それも勝手な想像だと思いながら、明里はスイカを指ではじいた。中身の詰まったいい音がした。

2

翌日、美容室の仕事を終えた明里は、夜になってからスイカを提げて、斜め向かいにある飯田時計店へ向かった。スレート屋根の洋館には、通りから少し奥まった入り口へ続く短い石段がある。そこへ進んでいったとき、植え込みのそばに座り込んでいた人影に気づき、悲鳴を上げそうになった。

「あっ、すみません。おどかすつもりはなかったんです」

人影はあわててそう言った。どうにか声を殺し、スイカも落とさずにすんだ明里は、立ち上がったその人をよく見ようとした。

若い女の人だった。ふわふわウェーブの髪を背中まで伸ばし、パステルカラーのネイルをしていた。

「ああ……はい。ええと、お店に何かご用ですか?」

「あの、お店の方じゃ、ないですよね」

不思議そうに明里をじっと見て、そう言う彼女は、ここが秀司ひとりでやっている時計店だと知っているのだろう。

「ええ、訪ねてきただけなんで」

たぶん明里よりいくらか年上だろうけれど、やや幼く見えるおでこの広さや、やわらかな女性らしい印象といい、守ってやらねばと思うような雰囲気だった。

「すみません」

となぜかまたあやまりながら顔を上げた彼女を見て、明里は気づいた。河原の土手で見かけた人だ。服装はあのときとは違うが、ふわふわしたロングヘアも、後ろ手に持っているキャンバストートも間違いない。

「お店はもう終わってると思うんですけど」

そう言った明里のことが、あらためて目に入ったらしく、彼女は微妙に首を傾げた。大きなスイカを手に提《さ》げ、ショートパンツにつっかけという明里は、海辺でならともかく夜の寂れた商店街では奇妙に見えただろう。

「お店に来たというより、わたし、飯田さんに確かめたいことがあって、お会いしたいんです。でもお留守みたいで」

「えっ、留守？　本当ですか？」

せっかくスイカを持ってきたのにと、明里は確かめるべくドアに歩み寄る。玄関のチャイムを鳴らすが、なるほど、返事がない。店舗はすでにカーテンが降ろされているが、工房に灯りはついているのにと考えながらドアノブをつかんでみると、鍵はかかっていなかった。

明里はドアを開け、中を覗き込んだ。奥の、工房へ続くガラス戸が少し開いていて、そこからの光が店舗の方も照らしている。

「秀ちゃん、いないの？」

中へ入り工房を覗き込んでみるが、彼の姿はなかった。住居のほうだろうか。しかしいるなら呼び鈴が聞こえるはずだ。鍵を開けたまま、ちょっと近所へでも出かけているのかもしれない。

「開けっ放しだから、すぐ戻ってくると思うんですけど」

振り返って明里は、ドアの外に立っている女性に言う。

「あの、すみません……、待たせてもらうわけにはいきませんでしょうか」

そういう彼女は、さっきも植え込みのところに腰掛けて待っていたのだろう。

「ええと、少しくらいなら。わたしも待ってみますので」

なんとなく、彼女がせっぱ詰まっているように見えたから、後日来てくれと言うのも気が引けた。確かめたいことがあると言った。時計の修理というわけではなさそうだ。

店舗の灯りをつけて、工房のドアを閉めようとした明里は、そのとき作業机に目を留めていた。時計やその部品と工具の隙間に、その場に似つかわしくないものがある。

ブレスレット。最初はそんなふうに見えた。銀色の、繊細な細工が入ったブレスレットは、ブルーのエナメルで装飾されている。よく見れば、それには小さな時計がついていた。

レディスのドレスウォッチだ。もちろんそういう時計を修理することもあるだろう。持ち主がどんな人なのかと考えたのは、女物をこの工房で見かけることがめずらしいのと同時に、明里とは縁のなさそうな、優美な時計だったからかもしれない。

目についたのは、いいなと思ったからだ。上品で、ちょっと年代物っぽくて、歳《とし》を問わずに身につけられそうだ。かっちりしたハンドバッグや明るい色のパンプスに合うだろう。そんなことを思い描くと、自然と彼女に視線がいく。店主のいない店に、勝手に入ってはいけないとかたくなに信じているかのように、まだドア際に突っ立っている女性に目を留めてしまう。

いいな、と思うけれど、明里には似合わない。でも、彼女なら似合いそうだ。

「きゃっ」

そのとき、彼女が小さく悲鳴を上げた。

「どうしました？」

「な、何かがそこにいます」

「えっ？」

ざわざわと枝葉が動く。暗がりでよく見えない。明里はとっさに、手に提げていたスイカを振り上げた。

「あっち行ってよ、変態っ！」

ネットごとスイカは飛んでいったが、低木の茂みにボスッとめり込む。と同時に犬が鳴くような声が聞こえたが、何かが飛び出してくる気配はなかった。反対側から逃げ出していったのかもしれない。そっと近づいていって覗き込むと、枝に引っかかったネットの中で、スイカがぱっくり二つに割れているだけで、不審な影はもう見あたらなかった。


「ふうん、それでスイカが割れたんだ」

秀司は、裂けたスイカの傷口を確かめるように、真上から覗き込んだ。

「でも、これなら食べられるよ。地面に落ちて砕けなくてよかった」

あれから間もなく帰ってきた秀司は、明里と、一緒にいたロングヘアの女性をリビングに招き入れ、お茶を出してくれたところだった。

「ごめんなさい。勝手に入って。おまけにスイカの汁が間口にこぼれちゃって」

大騒ぎしていたので、自分の家の前で何が起こっているのか、秀司は驚いたことだろう。

「太一が何かしたのかと思った。言っておいたんだけどな。帰るなら玄関は閉めて勝手口から出ろって。あいつ、何も聞いてないんだから」

ドアの鍵は太一が閉め忘れたらしい。それから秀司は、ロングヘアの彼女に顔を向け、あらためて口を開いた。

「岸本《きしもと》さん、もう体は大丈夫なんですか？」

ついさっき、彼女が岸本沙耶《さや》という名前だと明里は聞いたばかりだ。秀司はもちろん彼女を知っているようだが、体調を問うのを不思議に思いながら明里は聞いていた。

「はい。これといった怪我もなくて」

事故にでも遭ったのだろうか。

「でも、困っていることがあるんです。飯田さん、わたし、先週あなたとお会いする約束をしてましたよね。無断ですっぽかしてすみませんでした」

「ああ、でもほら、入院して仕事を休んでるって聞きましたから、またあらためてご連絡しようと思ってたところで。でも、困ってることって？」

「わたし、どういう理由で飯田さんと会う予定だったんでしょう」

「え、理由ですか？」

秀司が困ったかのように口ごもった。そういう彼はめずらしいから、ちょっと明里は不思議に思う。

「腕時計を直してもらっていたのはおぼえてるんですけど、携帯は壊れてメールが残ってないし、かろうじて人と会う予定のある日時だけが仕事用の手帳に書き込んであったんですけど」

「それは、予定を覚えてないということですか？」

「落雷に遭ったせいか、所々記憶が飛んでるんです」

「ええっ、落雷って、もしかしてこのあいだの、河原で？」

明里は思わず口をはさんだ。秀司と彼女の約束を気にするよりも、落雷の当事者を目の前にしていることがまず衝撃的だった。

「倒れた人がいて、救急車で運ばれたとか聞きましたけど」

「はい。気を失っていたらしくて。でもわたし、あの前後のことが思い出せないんです。他にもいろいろ忘れてて、仕事にも支障があるし、飯田さんにも迷惑をかけてるんじゃないかと気になりまして」

「あ、いえ僕の方は……。急ぎの件でもありませんから、落ち着いた頃にまた話をさせてもらったほうがいいかと思います」

「そう、ですね。今はまだ、自分でも頭の中が混乱してます。そうしていただけるとありがたいです」

「事故に遭ったりすると、一時的に記憶がなくなることもよくあると聞きます。あまり思い悩まない方がいいんじゃないでしょうか」

はい、と彼女は頷いたが、不安にならないわけはないだろう。

「そういえば、お母さんも一緒にいらっしゃったんじゃなかったですか?」

問いながら明里は、沙耶さんが母娘の母の方である可能性も考えたが、娘の方で合っていたらしい。

「ええ、まあ。わたしは無傷だったんですが、……彼女は倒れたときに怪我をしたようで、それに、ほとんど何も思い出せなくて、まだ入院しています」

「それは、大変ですね」

はあ、と沙耶さんは、どこか他人事《ひとごと》のような顔をしていた。それも記憶が抜け落ちているせいだろうか。

「あのう、犬は飼ってらっしゃいます?」

そのことも思い出して、明里は訊《き》いた。しかし彼女にとっては、心底思いがけない問いだったようだ。見開いた目を何度か瞬《まばた》きした。

「犬ですか？　飼ったことはないです。……家には犬を飼ったような痕跡もないですし、忘れてるってこともないはずです」

だとしたら、そばにいたという犬は野良犬だろうか。いずれにせよ、彼女は犬がそばにいたという記憶もなさそうだ。

「明里ちゃん、どうして犬？」

秀司も疑問に思ったらしい。

「それがね、葉子さんに落雷のことを聞いたんだけど、母娘のそばに白い犬がいて、落雷のショックでか川に落ちたのを見た人がいるみたいなの」

「まあ……、近くに犬がいたんですね。大丈夫かしら。そのまま流されてたりしたら、飼い主さんが探してるんじゃないでしょうか」

近所では犬がいなくなったという話は聞かないと、秀司はどこか落ち着かない様子の沙耶さんをなだめた。

しかし彼女は、なんとなく犬の話が気になったようだ。急に立ち上がろうとする。

「すみませんでした、突然おじゃましまして」

そのはずみにバッグから何かが落ちた。鍵だ。明里が拾いあげると、すみませんとまた言いつつ、彼女は不安げな顔になった。

「ずいぶん古いものみたいですね」

　秀司が鍵を見てそう言う。確かにその鍵は、古びて黒っぽくなっていた。それに、一見すると鍵というよりは金属製の彫刻みたいだ。持ち手のところが羽を広げた蝶に似た形をしていて、装飾的な模様が入っている。対して鍵の部分はごくシンプルに見える。鍵に似た装飾品にも思えるが、ちゃんとキーホルダーはついていた。

「じつはこれ……、今のわたしにはまったくおぼえのないものなんです。どこの鍵なのか、何の鍵なのかもわかりません。なのに、とても大切なものに思えるんです」

「そのキーホルダー、岸本さんがつけたんですか？」

　秀司はそこが気になったようだ。

「わたし、これを握って倒れていたらしいんです。そのときにはキーホルダーもついていたそうですし、こちらには見覚えがあるので、わたしがつけたんだと思います」

　それは懐中時計をあしらったデザインだった。落ち着いた色合いの、七宝細工のようだ。

「キーホルダー、かわいい。文字盤にハートやクラブって、不思議の国のアリスふうですか？　これ、大切な鍵につけるくらい気に入ったものなんでしょうね」

　彼女の記憶を解きほぐすきっかけを見つけたいという気持ちになって、明里はついつい身を乗り出す。

「気に入っているかどうかは……。それに、これを使っていた覚えもないんです。ただ、自分の家にあるもののうちのひとつだろうというだけで」

「キーホルダーを集めてるんですか？」

「いえ、集めてはないんですけど、自分で作ったので、似たようなものはいくつもあるんです」

「えっ、自作のものなんですか？　すごい、器用なんですね」

明里は感心してキーホルダーに見入るが、秀司は彼女がこういうものを作る人だと知っていたのか、黙って頷いていた。

「いったい、何の鍵なんでしょう。ふつうのドアとかじゃないですよね。昔の南京錠《ナンキンじょう》かしら。これを使って開く場所に、何が入っているんでしょう。……すみません、飯田さんが知っているわけないんですよね。なのにわたし、いろんなこと、飯田さんに訊けばわかるような気がしてました」

沙耶さんは深くため息をつく。

「消えた思い出を取り戻してもらえそうな……」

飯田時計店へ来る約束があったからというよりも、たぶんあのプレートに引き寄せられるように、彼女はここへ来たのだろう。

「何の鍵かは、心当たりがないでもないんですが」

秀司は唐突にそう言った。驚いたのはもちろん明里だけでなく、沙耶さんもはっと顔を上げて身を乗り出した。

「でも、その鍵に合うものがどこにあるのかはわからないので、さしあたって岸本さんの役には立たないでしょう」

「何の鍵なんですか？　古いチェストの引き出しとか？　キャビネット？　それとも小窓？」

しかし秀司は、思いがけず突き放した返事をした。

「先週、あなたが何をしにここへ来ることになっていたか、思い出してもらえたら、何の鍵かお話しします」


岸本沙耶さんがジュエリーデザイナーだということを、彼女が帰ってから明里は秀司に聞かされた。なるほど、それでキーホルダーも作っていたようだ。

「もともと銀細工が得意なんだけど、七宝やエナメルも使う。既製の時計にブレスレットをつける加工を頼まれたことが何度かあってね。そういう商品も扱ってるみたいだ」

それで、ようやくいろいろと腑《ふ》に落ちる。

「ブレスレット風のドレスウォッチ？　工房に置いてあったのってそう？　ブレスレットの部分が凝ってて、すごくきれいだった」

「ああ、そう。あれは彼女が自分で使ってる時計で、修理してるところ」

その修理とは別に、彼女にはここへ来る必要があった。どんな用件だったのだろう。

「わたし、彼女が何度も河原へ来てたのを見かけたんだ。あれ、何か思い出そうとしてたのかな。でも、秀ちゃんの知り合いだったなんて意外」

「落雷のことは、僕も驚いたけどね」

何かが記憶から抜け落ちていて、おぼえのない鍵がひとつだけ残っている。その鍵で開く記憶を手に入れたくて、彼女は川縁へ現れるのだ。怖い思いをした場所でも、そこで失ったものを見つけたいと願っている。

「鍵のこと、教えてあげなくてよかったの？」

「うーん、あれ、彼女のものじゃない気がするんだよね」

「え、どうして？」

「明里ちゃんは、もしスプーンにキーホルダーがついてたら、それを鍵だと思う？」

秀司はティースプーンを持ち上げる。

「えー、思わないよ」

そうだよね、と彼は言うが、明里にはわけがわからない。

「とにかく、忘れてるってのは、忘れたかったことかもしれないじゃないか」

「じゃ、秀ちゃんの店へ来るはずだった用事も忘れたいこと？」

「そうかもしれないのかなと思って」

だから、あんな突き放し方をしたのだろうか。

「……プレートの、〝おもいでの時　修理します〟って文字に、彼女は救いを求めてたみたいだけど」

「歯車は、ひとつじゃ動けないんだ」

秀司はぽつりとつぶやき、切ったスイカをテーブルに置いた。

「いろんなことが嚙《か》み合って、人が前に進んでいくのなら、あのプレートも歯車のひとつなんだと思う」

「このスイカも？」

「あるいはね」

切ったばかりのスイカは、みずみずしくて甘い。割れはしたけれど、小さく切って売られているものよりやっぱり新鮮だ。

ダメにならなくてよかったと思うと同時に、植え込みにひそんでいるように見えた影が思い出された。

神社にいた迷い犬だったのだろうか。飼い主を失った迷い犬は、どんな歯車で何を動かすのだろう。スイカを口に運びながら、明里はそんなことを考えていた。

3

白っぽい犬が視界を横切り、反射的に振り返る。くるりと巻いたしっぽが路地へ入っていく。気になって、明里は路地へ足を向ける。

狭い道を抜け、神社の石垣を回り込んだところに白い建物が見えていた。集会場などに使われている町の会館だ。その隣には、古い平屋の店舗があり、〝佐野《さの》不動産〟というペンキ塗りの看板が掛かっている。

角を曲がったときから犬の姿は見あたらなくなっていた。会館の建物を取り巻く植え込みにでも隠れてしまったのだろうか。とりあえず会館へ向かって歩いていく明里は、道ばたに打ち水をする佐野さんに気づき、立ち止まって会釈した。

「こんにちは。暑いですね」

顎鬚《あごひげ》を伸ばした仙人みたいな老人は、明里の大家でもある。不動産屋の店舗にいることは少ないので、顔を合わせたことは数えるほどしかない。

「ああ、由井さん。どうした？　また風呂が壊れたかな？」

このあいだ、風呂の水漏れを直してもらったところだった。といっても佐野さんとは電話で話しただけで、修理に来たのは工務店の人だ。

「いえ、お風呂は快適です。あの、今さっき犬を見ませんでしたか？　白っぽくてしっぽの巻いてる犬なんですが」

「見てないよ」

あっさりと彼は答えた。ここを通ってないとすると、犬は、どこか塀の隙間へでも入っていったのだろうか。

「その犬がどうかしたのかね？」

「知人がその犬を気にしてたんです。飼い主が亡くなったからか、この辺りをさまよってるらしいんですけど」

「亡くなった？　犬を飼っている人の葬儀があったかなあ。近所の死にそうな老人のことなら、だいたい耳に入ってくるんだが」

昔からの土地持ちだけあって、佐野さんに住居を借りている店子は多い。その上、津雲神社の氏子総代を務めていたり、長年町内会の要職についていたりと、地域の冠婚葬祭には詳しそうだ。

佐野さんは開けっ放しだったガラス戸の中へ入っていく。壁に貼ったカレンダーをじっと見て、明里を手招きする。

「そういや、先週くらいかな？　たしか、落雷があった頃だと思うが、森村《もりむら》さんの奥さんと犬を見かけなくなったな。うん、白い犬だった」

「森村さん、ですか。商店街のかたでしょうか」

「いや、川の向こう側に住んでる。あの人は津雲神社の氏子の家だから、よく知ってるんだ」

「あの人なら私も知ってるよ。印刷屋をやってた森村さんだろ」

不動産屋の店内でもうひとりの声がした。明里が振り返ると、片隅の椅子に写真館の日比野《ひびの》さんが座っていた。前のテーブルには将棋盤が置いてある。どうやら、日比野さんが待ったをかけている間に、佐野さんは水まきをしていたようだ。

「昔はよく、商店街のチラシを印刷してもらったもんだが、とにかく無愛想でぶっきらぼうで。ずいぶん前に廃業したはずだよ。久しぶりに名前を聞いたが、奥さんが亡くなったのかい」

店の中では扇風機が回っている。どっしりしたオークのデスクには古い招き猫が鎮座していて、少々黄ばんでいるがむしろ効き目がありそうだ。片隅の高い場所には神棚があり、御札だけは真っ白だった。

「気の毒にな。奥さんはまだ若かっただろう？」

「一回りは下だったな」

「一回りも年下の女房に先立たれて、あの高齢でやもめかね。日頃の行いが悪いせいだな」

「あんたも高齢のやもめだよ」

「私は慣れたもんさ。ひとりも長いからね」

日比野さんの言葉に、佐野さんは肩をすくめた。

「いえ、まだそのかたが亡くなったかどうかは」

すっかり二人で話が進んでいたので明里はあわてて口をはさむ。

「ああ、そうだったね。病気でなければいいが。働き者で、毎日欠かさず犬を散歩させてたから、何かあったんだろうか。心配だね」

「あの亭主が、奥さんの犬を捨てちまったんじゃないのかね。やりかねんよ」

「え、そんな人なんですか？」

戸惑う明里に日比野さんは大きく頷いた。

「偏屈の頑固じじいだよ。あの人を嫌って、犬が逃げたのかもな」

「まあまあ、確かに頑固すぎるが正直者だよ」

「佐野さん、正直ってのは思ったままを言うことじゃないよ。あの人、奥さんのことをあんたにお手伝いさんだって言ったんだろう？」

「そんな古いことよくおぼえてるな」

「それでしばらく、商店街でもみんなお手伝いさんだと思ってて、妙な気まずい話だったじゃないか」

「今となっては笑い話だね。ああ、座りなさいよ、由井さん。ラムネでも飲んでいくといい」

佐野さんが、店にあった、それも年代物だろう冷蔵庫から青い瓶を取り出した。今どき縁日でしか見かけない、ビー玉が入ったラムネの瓶だ。

「ありがとうございます。これ、どこで売ってるんですか？」

ここは何もかも、時間が止まっているかのようだ。

「通販だよ。まったく、店に行かなくても何でも買える。商店街も寂れるはずだ」

けれど、やはり時間は流れているのだ。

冷たいラムネでのどを潤し、店の中を見回した明里は、壁に掛かる額入りの賞状をなんとなく眺め、ひとつだけ同じような額に納まった写真に目を留めた。古そうな白黒の、集合写真だった。

「あれ、津雲神社の鳥居前ですよね。いつ頃の写真ですか？」

神職の格好をした人もいれば、黒い羽織袴《はおりはかま》の人もいる。そんな十数人の背景には、鳥居と手水舎《てみずしゃ》が映っていた。

「さあ、いつの写真だか。私の祖父が映ってるんだ。何かの神事のときにでも撮ったのか、他は神社の関係者だろうけれど、誰だか私にはわからん。縁起がいいと祖父が飾っていたらしい」

「縁起がいい写真だったのかい。そりゃ初耳だ。もうずいぶん色あせてしまって、見苦しいから私が撮った縁日の写真と取り換えてやろうかと思ってたくらいなのに」

日比野さんが言う。

「どうして縁起がいいんですか？」

「神様の眷属《けんぞく》が映ってるんだと」

「えっ、ええ？　本当ですか？　どこにです？」

明里は額に顔を近づけて、写真を隅々まで見ようとした。

「ほら、ここに青鷺《あおさぎ》が」

そう言われると、木の枝に鳥が止まっているように見える。ただあまりにぼやけていてよくわからない。

「それともこっちの狐かもしれないな」

佐野さんは木々の根元を指差したが、黒っぽく影になった場所に動物の姿を見出すのは難しかった。

「とにかく私にもよくわからん」

それよりも明里は、青鷺の手前に映っている、シンプルな白袴の人物に目を留めた。

太一にそっくりだったのだ。

いや、でも、佐野さんのお祖父さんが生きていた頃に太一がいるわけはないのだから、似ているのは親戚だからだ。神社の関係者だとすれば、当然太一の親戚だろう。

「あの、この人は？　太一くんによく似てますよね」

「太一というと、社務所に住んでる青年かね。んー？　似てるかねえ」

佐野さんは首を傾げる。

「そういや、似てるんじゃないか？　神社でときどき掃除をしてる若いのだろ？　いつも礼儀正しく挨拶してくれる」

日比野さんはそう言うが、礼儀正しく、というところに明里は首をひねった。賽銭《さいせん》を入れてくれる参拝客には愛想よくするのだろうか。

「あの子は太一というのか。私が若い頃にも、太一って名前の男が神社にいたなあ」

「神職の家系は、昔から太一という名前の男子が結構いるんだよ」

「そういや、前にご神木に雷が落ちたとき、怪我をしたのが太一という男の子じゃなかったかね？　もしかして、今社務所に住んでるその子だったのかな」

何気ない日比野さんの言葉に、明里はおどろかされた。

「えっ、ご神木に落ちたって、そこにいたんですか？　け……怪我とかは」

「木に登って遊んでたんだろう。罰が当たったかねえ。しかし奇跡的にも無傷だったとはそのころ聞いたような気がする。もう六、七年前だなあ」

太一が雷を嫌うのは、そんなことがあったからだろうか。しかし、ご神木には平気で今も登っている。

考えながら明里はもう一度写真をじっと眺めた。みんな親戚だろうに、他の神職らしき人たちは、さほど太一に似ていないのが意外だった。

「おや、あれは森村さんじゃないか？」

外へ目をやった佐野さんがそう言った。明里が急いで写真からガラス戸の外へと視線を動かすと、道沿いの側溝を覗き込んでいる人がいた。麦藁帽《むぎわらぼう》をかぶった老人だ。神社の石垣に沿った溝は夏草に覆われているが、探し物でもしているみたいに、歩いては立ち止まって草むらを覗き込み、またゆっくりと歩いていく。

「わたし、ちょっと犬のことを聞いてみます」

「あんまり関わらん方がいいよ」

おしゃべり好きな日比野さんにとっては、とことん馬が合わない人なのかもしれない。しかしこのままでは犬がかわいそうに思え、明里は急いで不動産屋を出た。

路地の角を曲がってしまったのか、森村さんの姿は通りから消えていた。明里は後を追うべく曲がり角へ急ぐ。辺りを見回すと、ブロック塀の向こうに麦藁帽がちらりと見える。商店街へ向かっているようだ。その間にも彼は、首を左右に動かして何かを探しているかのようだった。

ようやく追いついて、明里は声をかけた。

「すみません、森村さん……ですよね？　もしかして、犬を探してらっしゃいます？」

さっきから、どうにもそんなふうに見えたのだ。

「この辺りに、迷子の犬がいるんです。白っぽい犬で……」

が、振り返った老人はいきなり怒鳴り声を発した。

「犬だと？　犬なんか探しとらん！」

なるほど、これが日比野さんの言っていた偏屈か。明里は気を取り直し、にっこりと微笑んだ。

「そうですか、すみません。じゃあ何か落とし物ですか？」

お客に接するつもりで笑顔を向けた明里だが、彼はそれが気にさわったらしく、太い眉をきゅっとつり上げた。

「おまえ、何だ？　平日の昼間に仕事もしてないのか？　近頃の若いのときたら、派手で下品な女ばかりだ。親のすねかじって、楽をすることばかり考えてるんだろう」

それはあまりに偏見だらけではないだろうか。たしかに、ハートがプリントされたTシャツは少々派手だが、親のすねはかじっていない。むかつくのをこらえつつ、明里は反論する。

「今日は休日なんです。平日が休みの仕事だってあるんですから、決めつけないでください」

「うるさい、そんなこと知るか」

知らないなら、なおさら決めつけないでほしい。しかしこの調子では、何を言っても罵倒で返ってきそうだ。そう思うと、さすがに言葉が出てこない。

「じゃまだ、どけ」

わざと明里を押しのけるように肩をぶつける。よろけたのは明里の方だが、なぜか森村さんもふらついた。電柱に片手をついて寄りかかる彼を覗き込むと、どうにも気分が悪そうだ。

「あの、大丈夫ですか？」

余計なお世話だ、とか言わないところを見ると、大丈夫ではないのだ。

「ちょっと待っててください。誰か呼んできます」

「……いい」

「でも」

「休んだ方がいいですよ。この暑さですから。よかったらうちへどうぞ」

明里の背後から聞こえた声は秀司だった。

「すぐそこです」

「あんたは……」

「飯田時計店の者です」

「飯田……さんの……?」

 森村さんは、秀司の祖父を知っていたのだろう。そのせいか、それとも、もの柔らかな秀司の雰囲気が頑固者も懐柔してしまうのか、森村さんはおとなしく秀司に肩を借りて歩き出した。明里はほっとしながら彼らについていった。


水分をとり、涼しい部屋で少し休んだだけで、森村さんは落ち着いたようだった。リビングの隣にある和室で横になったまま、古い振り子時計を眺めていた。

「ここは、変わらんな」

家中の時計の音を聞き取ろうとするように目を閉じる。事実ここでは、そうやって耳をすますと、いくつもの振り子の音が空気に満ちているのが感じられる。それは、古い洋館が息をしているかのようで、中にいる人に不思議な安心感をもたらすのだ。

「祖父の店にいらっしゃったことがあるんですね」

「……親父が昔、町から時計を贈られた。大きな水害があったとき、子供たちの教科書を無償で印刷したらしい。親父の唯一の自慢話で、誇りだった。そのときの時計を、何度か飯田さんに修理してもらってな」

「その時計、まだ、動いてますか？」

に置く。

「故障なら、直せるかどうか見てみましょうか？」

森村さんと秀司とのやりとりを聞きながら、スイカを運んできた明里は、そっと座卓に置く。

「よかったらどうぞ」

スイカをにらむように見た彼は、眉間に深くしわを寄せる。嫌いだっただろうか。今にも座卓をひっくり返しそうだと息を詰める明里を一瞥《いちべつ》し、森村さんは黙って体を起こした。

「故障かどうか、どうでもいい。動かないのは女房がいなくなったせいだ。俺への嫌がらせかもな」

「嫌がらせって、奥さんが、時計を壊したとでも言うんですか？」

そう言った明里を、もう一度にらむ。

「知るか、あいつに訊いてくれ」

明里は秀司と顔を見合わせた。

「あのう、いなくなったというのは、家出と決まったわけではないんですよね。事故とか事件とか、何かあったかもしれません」

秀司が冷静に訴えるが。

「だったら警察から連絡があるだろう。何もないってことは、あいつが帰りたくないってことだ。結局、気を許せるのは犬だけだったんだ。だから連れていったんだろうよ」

やはり、奥さんが飼っていた犬もいなくなったようだ。

「今ごろどこかで、やっと俺から離れられたとほっとしてるんだろう」

「そんな。家族なんですから」

なだめるつもりでそう言うが、どうにも明里は、森村さんにとって余計なことを言ってしまうようだ。彼はあからさまに顔をしかめた。

「家族？　あいつは単なる働き手だった。食わせてもらう代わりに、従順に働いてきただけだ。俺から逃げたくても行くところもないし、愛嬌《あいきょう》も魅力もない女を誰が拾ってくれる？　あいつはそれがよくわかってただけだ。心の底では俺のことを憎んでただろうし、お互い家族だなんて思ったこともない」

一気にまくし立てた彼に、明里は呆気《あっけ》にとられた。夫婦なのに、そんな言い方ってあるだろうか。それに、行くところがないとわかっている奥さんを捜しもしないなんてどうだろう。

腹が立って感情的になりそうだった明里が余計なことを言う前に、秀司は口をはさんだ。

「でも、奥さんの犬を探してたんですよね？」

やはり冷静な口調だった。

「違う！　犬は死んだ」

「えっ、ど、どうしてですか？」

「おととい、川岸で死んでるのが見つかった。首輪の登録で、保健所が報《しら》せてくれた。このところどこかで雷雨があると増水するから、流れも急らしい。溺れたってとこだ」

「じゃ、奥さんは……」

その犬を散歩させていたなら、万が一のことを考えたくなる。本当のところ、森村さんの頭にもそのことがあるのではないだろうか。険しい顔をしているのが、明里に苛立《いらだ》つからというだけでないならそうだろう。

「とにかく、犬しか見つかってない！」

「では、何を探してらっしゃったんですか？」

しかし秀司は、奥さんの心配をするのではなくあっさり話を戻した。

「炎天下で、かなり長いこと歩き回っていたんですよね？　大切なものなんじゃないんですか？」

「女房の……、大事なものらしいんだ。犬が首輪につけていた巾着に、いちばん大事なものを入れてると息子に言っていたのが聞こえた。宝石でも入ってたのかね」

それは盗み聞きではないか。と思ったが黙っておく。

「ご主人が贈ったものですか?」

「バカ言うな。贈ったことなんかない。それより、家の金を貯め込んで高価なものでも買ってたら腹が立つじゃないか」

「そんな、ヘソクリくらいいいじゃないですか」

やっぱりむかついて言ってしまう。

「冗談じゃない、俺の金だぞ!」

小さい男、とつぶやいてしまった明里の言葉をかき消すように、秀司が割って入った。

「まあまあ、中身が高価なものと決まったわけじゃないんですから」

「とにかく、犬が見つかったときには巾着はなかった。それで、念のために散歩のコースを見てみようと思ったんだ」

「そうだったんですか」

高価なものだったらと思うと、探さずにはいられなかったのだろうか。犬の首輪についていたものより、奥さんの方を心配すべきではないのか。

「どうしても、あなたに取られたくなかったんでしょうね」

今度は聞こえたらしく、彼は明里をにらんだ。

グラスに手をのばして水を飲み干し、乱暴にテーブルに戻す。むっとした顔で言う。

「世話になった。帰る」

スイカに手をつけるつもりはなさそうだった。

「お宅まで送りましょうか？」

秀司はあくまで親切だ。しかし森村さんもあくまで頑固だった。

「年寄り扱いするな」


奥さんの森村千佳代《ちかよ》さんは、後妻だったらしいと、彼が帰ってから明里は秀司に聞かされた。

「前の奥さんが亡くなって、幼い子供の世話や家業の手伝いをしてもらうために、急いでお見合いをしたんだって」

「じゃ、本当に働き手だったの？　奥さん、よくそんな結婚したね」

「奥さんの方も離婚したばかりで、というか追い出されたみたいで、でももう帰る実家もなかったから、周囲の勧めに応じるしかなかったんだろう、みたいな話だったよ」

そのことを、秀司は酒屋の奥さんから聞いたようだ。商店街のチラシを作るとき、森村さんが話題になったことがあるらしい。森村印刷所は廃業したため、今はもう、商店街のチラシは別のところで印刷しているが、昔ながらの店主たちは森村さんとは古いつきあいがある。そうして彼のこととなると、みんなそろって、仕事はいいが人柄が……、と口ごもるのだそうだ。

さらに、ご近所のことなら何かと詳しい酒屋の奥さんによると、森村さんは妻をいたわることもなく、子育てから家事、家業の手伝いも押しつけていたという。それでも千佳代さんが育てた子供は、男の子ばかりだったが継母によく懐いていて、本物の母子のようだったらしい。むしろ子供たちは、偏屈な父親を嫌い、独立した今はほとんど近づかないのだそうだ。

「ひどい。千佳代さん、もっと早く家出しても不思議じゃないよ」

「だけど、しかたなく結婚したっていうのは昔のことだろう？　何十年も連れ添ったんだから、心を通わせることもあっただろうし、夫婦の仲は、けっして悪いわけじゃなかったかもしれないよ」

そうだろうか。千佳代さんががまんしていたから成り立っていたのではないだろうか。

「少なくとも森村さんは、奥さんがいなくて淋《さび》しく思ってる。そんなふうだっただろう？」

「え？　そうかな」

明里には、淋しがっているようには見えなかった。いなくなったことに腹を立てているだけではないのだろうか。千佳代さんの行方《ゆくえ》を知ろうとはしていなくて、ヘソクリを心配していた。

「淋しいんだよ。心配でしかたがないんだ。でも、今さら大事な家族だって言葉にも態度にもできない」

「だったら、ひねくれすぎよ」

「きびしいね」

「秀ちゃんはやさしすぎだって。そんなだと、悪い人にだまされるよ」

「悪い人って？」

と真顔で訊いてくるから。

「悪い……女とか」

とっさに思い浮かんだだけなのに、何だか意味深な言葉になってしまったのではないかとあせった。

「うーん、明里ちゃんにならだまされるかもしれないけど、他の女の人にお金を貸してと言われてもたぶん貸さないいんじゃないかな」

「お金を貸すって。わたし、寸借詐欺？」

「え、普通は結婚詐欺でしょ」

秀司はおかしそうに笑うが、明里はあわてて目をそらした。

結婚詐欺って。明里ならって。詐欺の話でも冗談でも、結婚という言葉にうろたえてしまう。

「ごめん、怒った？」

「べ、べつに」

「顔が赤いから」

「スイカのせいよ」

支離滅裂だ。

好きな人ができれば、将来を考えないわけじゃない。けれどいつも、遠いことのように感じていた。同級生がちらほらと結婚する年齢になっても、明里はどちらかというと結婚願望が薄かったし、つきあった人もそうだった。たぶん明里には、普通の家庭をイメージするのが難しいのだろう。

でも、秀司とこの古い家にいると、それが普通のことに思える。ここが明里の家になって、毎日一緒にいることも、不自然じゃない気がする。でもまだ、そんなふうに思う自分に戸惑う。

一切れのスイカがじっとこちらを見ている。ひとりだったらなかなか食べようと思わないだろう。秀司といると、もう、ひとりでいる自分は想像できない。だから、少し怖くなる。

ひとりになった森村さんも、スイカを見てそんな気持ちになっただろうか。

スイカは大勢で食べるもの。口では何と言っていても、いつも近くにいた人がいないのは、心細いことだろう。

「千佳代さんの大事なもの、何だったのかを、森村さんは知りたいのかな……」

秀司が森村さんの気持ちに近づこうとしているから、明里も一生懸命に考えた。少なくとも森村さんは、そこには必死になっているようだった。

「切実にね。それがわからないから、奥さんを捜す資格はないと思ってるくらいに」

資格なんて。そんなことよりも、本当に心配ならなりふり構わず捜すべきだと思うけれど。

「千佳代さん、きっと無事よね」

犬が死んでいたとなると、何より明里もそこが心配になっていた。

「確かめに行こうか」

「えっ？」

驚くが、秀司は飄々《ひょうひょう》として言う。

「だってさ、どうにも話が重なる。岸本さん母娘が落雷に遭ったとき川に落ちたのは、森村さんの犬だと思わない？」

沙耶さんはおぼえていないと言うけれど、犬を見た人の話が本当なら、森村さんの犬と一致する。たまたま落雷のとき二人のそばに犬がいて、巻き込まれたのかもしれない。

「沙耶さんに話を聞くの？　森村千佳代さんの犬がそばにいたなら、近くに千佳代さんがいたかもしれないってことだもんね？」

問題は、沙耶さんがそのときのことを思い出せるかどうかだ。

「近くにいたはずだよ」

彼はそう言って立ち上がった。

4

沙耶さんの事務所は、駅近くの雑居ビルにあった。ジュエリーメーカーを退職して独立し、ここを仕事場にして三年目だという。メーカーからの受注が主だそうで、サンプルなどがきれいに整理された商談スペースは、彼女の好みらしいパステルカラーのインテリアや雑貨で飾られていた。

突然訪ねていった明里と秀司を迎え、彼女は不思議そうな様子ながらもコーヒーを出してくれた。

「あのう、わたしまだ、これといって何も思い出せないんです」

「はい、そうだと思います。今日はこちらからうかがいたいことがあって来ました」

秀司が切り出すと、怪訝《けげん》な顔のまま頷いた。

「岸本さん。思い出せないけれど大事な鍵を、あなたはそのまま握ってましたか？　それとも、何かに入っていませんでした？」

「入ってました。……どうしてわかるんですか？」

「すみませんが、それを見せてもらえますか？」

奥の仕事場へ入っていき、まもなく戻ってきた彼女は、小さな巾着袋をテーブルに置く。青い縮緬《ちりめん》の、手縫いらしいものだった。

明里はその巾着に見入った。森村さんの犬は、首輪に巾着をつけていたという。そこに千佳代さんは、自分にとっていちばん大切なものを入れていた。もしこれが、沙耶さんのものではなく、千佳代さんのものだったとしたら。

落雷の直前か、彼らがたまたま近くにいたなら、何らかの理由で沙耶さんがこの巾着を手にすることがあったかもしれない。でも、それをおぼえていないから、沙耶さんは自分のものだと思ったのではないだろうか。

「巾着のことはおぼえていますか？　買ったとかもらったとか」

秀司の問いに、彼女は首を横に振った。

「あなたのものじゃないかもしれません」

はっきりとそう告げる彼は、最初からあの鍵を、沙耶さんのものではないと言っていた。

「でも、キーホルダーは確かにわたしの手作りなんです。落雷前後の記憶は曖昧ですけど、それ以外はちゃんとおぼえてるんです。これを作ったとき、文字盤の数字に苦労したのもおぼえてるし、間違いありません」

中身の鍵のことは、沙耶さんも大事なものだという気がすると言っていた。だからなのか、他人のものだとは認めたくないようだ。

「ええ、わかります。それがあなたの作品だというのは、僕にも見覚えがありますから。二年くらい前に、商店街のフリーマーケットで出展しましたよね」

「あ、ええ。そういえば、手作りのビーズアクセサリーや、七宝のブローチを少し並べてみて、なかなか評判がよかったんです。今のところはネットで販売してるだけですが」

言いながら、彼女ははっとしたようだった。

「これを買った人の落とし物だってことですか？……たしかに、同じデザインのものが何個かあったはずですけど……」

商店街の空き地で、不定期にフリーマーケットがあるらしいのは明里も知っていた。ただ、それが開かれる日曜日は仕事と重なってしまうので、実際に見たことはない。秀司の話では、始めた当初は物珍しさか出店も客も多かったが、しだいに近所の寄り合いみたいになりつつあるので、もう少し企画を考えねばならないということだった。たぶん沙耶さんは、最初の企画のときに店を出したのだろう。

そのときに、森村千佳代さんが訪れた可能性は高い。犬を散歩させて商店街の裏側を通るなら、空き地のそばも通るかもしれないからだ。

「あなたのキーホルダーを買って、鍵につけて巾着に入れた、その持ち主は、おそらく森村千佳代さんという方です」

あ、と口を開けた彼女は、そのまま硬直した。知っているのは明らかだった。

「岸本さん、落雷のとき一緒にいたのは、本当はお母さんじゃないんですよね」

秀司が何を言い出すのかと呆気にとられる。そんな明里の目の前で、沙耶さんはゆっくりと頷いた。


落雷に遭い、病院で目が覚めたという沙耶さんは、自分がなぜそんな場所にいるのかさっぱりわからなかったという。日付も曜日も飛んでいる、という感覚だったらしい。落雷の話を聞き、自分の身に起こったことを理解した。記憶が混乱することもあるらしいと知り、どうにか納得した。そのとき看護師に教えられたことは、一緒にいたお母さんも軽傷だということだった。

お母さんが一緒にいたんだ、とまず素直に思った。母の病室へ行こうとし、廊下を歩きながら思い出した。母は定年退職した父とともに兄夫婦の家で暮らし始めたところで、孫の世話に忙しくしている。わざわざ娘のところへ来ることはまずない。では、この先の病室にいるのは誰だろう。

窓側のベッドで、その人は半身を起こした姿勢で窓の外を眺めていた。ベッドの名札には名前がないが、看護師の話では、沙耶さんのことを娘だと言ったのはこのベッドにいる女性らしかった。二人で河原にいたところを落雷に遭い、軽傷だったが、沙耶さんが娘だということ以外、自分のことをほとんど思い出せないのだそうだ。

沙耶さんの気配に気づき、振り返ったその人は、もちろんのこと母親ではなかった。白髪交じりの髪を短くしている。母親の年代よりもっと歳をとっているように見えたし、ふっくらとしたところも母親には似ていなかった。けれどもその人は、沙耶さんを見てうれしそうに笑い、名を呼んだ。

サヤちゃん。

名を知っているのだから、彼女は沙耶さんの身近な人であるはずだ。だから病院は、まだ何も思い出せないその人を、岸本沙耶と名乗ることのできた彼女の母親だと信じて疑わなかった。

『サヤちゃん、来てくれたのね。今日は顔色もいいし、すぐに退院できそうね。検査の異常がなければ、あなたの方が先に退院できそうだって聞いたわ』

腕に包帯を巻いていたが、その人も元気な様子だった。ベッドから身を乗り出し、沙耶さんの手をぎゅっと握った。

『不思議ね。何も思い出せないのに、あなたのことはわかったの。目が覚める直前に夢を見たからだわ。小さかったあなたの夢よ。ひどい夢だった。あなたが死んでしまう夢。ああでも、夢でよかった』

その人は、娘を亡くしたことがあるのだ。そう思ったから、沙耶さんは人違いだと言えなかった。つい、娘であるかのような相づちを打ってしまったという。それに、まだ自分のこともあやふやで、母親だと主張する彼女の言葉と、自分の記憶と、どちらを信じていいのか混乱していたのも事実だった。

しかし結局、サヤではなく、アヤだったことに、後に沙耶さんは気がついた。アヤ、と最初からその人は言っていたのに、みんな、病院の人も沙耶さんも、サヤだと聞き間違えていた。少々聞き取りにくい滑舌は、事故の直後だからだろうと思い込んでいた。でも違っていた。

沙耶さんは三日目に退院し、日常の生活に戻ることになった。事故前後の空白と、所々記憶が飛んでいる部分はまだあるものの、自分の家族や友人や、これまでの環境などは、元通り明瞭になっていた。そうなれば、さすがに知らない人を母だと偽ることはできなかった。

退院する直前に医師に伝えた。彼女の身元を調べなおしてくれるということだったが、一週間経った今もまだ、軽いやけどのみで入院が長引いているところを見ると、調べるのに時間がかかっているのだろう。

「沙耶さん、でも、森村千佳代さんの名前を知ってましたよね？」

明里は問う。さっき、秀司がその名を口にしたとき、彼女ははっとした様子だった。

「その人が、言ったんです。わたし、病室へ行って、娘さんじゃないんですと打ち明けたとき、そんな気がしたと言ってました」

時間が経つにつれ、しだいに千佳代さんも違和感をおぼえていたようだ。娘がどんなふうに育って大人になったのか、何一つ思い出せない。小さかった娘が、はじめて歩いたことや、散歩した道や一緒に歌った歌は思い出せるのに、もっと大きくなった姿、小学生や中学生になった娘との思い出は、どんなに記憶の中を探っても存在していないかのようだった。

自分自身についての他のことは、思い出せなくても知っているはずだという感覚はある。たった今まで見ていた夢を思い出せないのに、確かに夢を見ていたと確信できるように、長い年月を過ごしてきた家や生活があったことはわかる。でも、娘はそこにはいなかった。

事故の衝撃から時間が経つほど、少しずつ、娘の存在が遠くなっていく。それととももに、現在の自分が近づいてくる。そうして千佳代さんは、問診票の名前欄に、ほとんど無意識に森村千佳代と書き込み、それが自分の名前だと思い出したのだという。

ただ、そのことはまだ病院には黙っていた。問診票は破り捨て、新しいのをもらってごまかした。

本当の名前を伝えたら、本当のことを知ることになる。自分の、おそらく恵まれなかった人生を。そんな予感がしたのだという。

『やっぱり、アヤちゃんは死んだのよね。ずっと前に』

家へ帰りたくないんですか。沙耶さんは訊《たず》ねた。

『迎え入れてくれるかしら。家族のこと、何も思い出せないのに。おぼえてるのはアヤちゃんのことだけ。あたしにとって、本当の意味での家族は、あの子だけだったのかもしれないから。それを知るのは怖いのよ』

彼女の予感は正しいのかもしれない。ご主人の森村さんの態度を思い出せば明里はそう思う。秀司が言うように、あれでも奥さんのことを心配しているのだとしても、家族ではなく働き手だなんて、千佳代さんのことを本気で思いやっていたら言えるだろうか。

「千佳代さんのご家族は、本当に心配しているんですか？　急にいなくなったら、普通は必死で捜しませんか？　ご家族が警察にでも届けていたら、千佳代さんの身元はすぐにわかっているはずです」

沙耶さんの疑問はもっともだろう。

「ご主人は、奥さんに愛想を尽かされたかと思ったんです。捜して、連れ戻そうとしていいものかどうか悩んでいるんです」

秀司はやはり、森村さんを擁護する。

「それは、これまで千佳代さんをないがしろにしてきたからですよね」

「そうかもしれませんが、だからといって、千佳代さんがご主人のことをどう思っているのかは僕らにはわかりません」

そうして、意外にも彼はねばるのだ。

「ですから岸本さん、その鍵を僕に預けてもらえませんか？　千佳代さんのご主人に渡したいと思います。彼女が大切にしていた、この巾着の中身が何か、ご主人は何より気にしていました。たぶん、千佳代さんの本心を知りたかったんです」

テーブルの上の、実用的というよりは装飾的な鍵を、沙耶さんはじっと見つめて顔を上げた。

「彼女にとって、いい思い出の品なんですか？」

「そのはずです」

大切なものであることは間違いない。でも、それが森村さんとの思い出でないなら、逆効果ではないだろうか。

「秀ちゃん、この鍵が、もしアヤさんに関係があるものなら、森村さんにとって微妙なことじゃない？　亡くなった娘さんって、森村さんと再婚する前の話だよね。森村さんの家では、先妻の息子二人の母親になったんでしょう？　他に子供はいなかったみたいだし」

「うん、アヤって女の子は、たぶん前のご主人との子供だろうね。でもこれは、娘さんとは関係がないものだと思う。森村さんと千佳代さんをつないでくれるはずだ」

何の鍵か、秀司はわかると言った。しかし何の鍵かわかっても、それで開いた場所にあるだろう千佳代さんの宝物が何なのかまでわかるはずもない。それでも秀司は断言した。

5

「家内を迎えに行けって？」

秀司と明里が訪ねた森村さんは、むっつりした顔で、奥さんが落雷にあって入院しているという話を聞いていたが、やはり彼女を思いやるような言葉は出てこなかった。

「あいつが連絡してくるなら行ってやる」

「ですから、落雷のショックでいろいろ思い出せない様子なんです」

「ふん、俺のことも、いやなことは全部忘れて清々してるってところだ」

こんな状況で、千佳代さんの大切な鍵を彼に渡したりしていいのだろうか。くだらないものだと捨ててしまいかねない気がして、明里はハラハラしている。秀司はまだ、鍵の話はしていない。

「どのみち病院から連絡が来ると思います。奥さんが何も思い出せなくても、ご家族なんですから」

「ならそのときに出向けばいいんだろ」

「その前に行くべきです。あなたが連れ戻してあげてください。でないと、この家の時計は二度と動かなくなってしまいます」

時計？　明里は部屋を見回すが、散らかった和室に時計らしい時計はなかった。それでも、森村さんは難しい顔で黙り込む。うつむいて、身動きもしなくなる。それくらい、何かを考え込んでいるように見えた。

秀司はそんな森村さんの様子も人ごとのようで、ゆるりと縁側の外へ視線を動かす。庭に犬小屋がある。彼が目を留めたのは、犬小屋に打ちつけられた名前札だ。

「アヤ……？」

自然と明里も注目して、思わず声に出していた。はっとした顔で森村さんは顔を上げた。

「犬の名前、アヤっていうんですか？」

「……それが？」

不機嫌に返され、明里は口ごもる。

「いえ、べつに」

「家内の、死んだ娘の名前だ。亜也子《あやこ》、だったかな。あいつは口にしたことがないが、結婚前に親族に聞いていた。俺が知ってるとは思ってないだろう」

ぶっきらぼうに告げた後、森村さんの長いため息が聞こえた。

「前の夫は、女ができて千佳代を追い出した。娘を亡くしたばかりで、心が弱り切っていたのにだ。もともと娘は体が弱かったようだが、死んだのは丈夫に産めなかった千佳代のせいだと責めて、自分の裏切りを正当化した。別れた後、あいつは自殺未遂を起こしたとかで、親戚も早く誰かに押しつけたかったんだろう。単にふらふら歩いてて、車に接触しただけだという親戚もいたけどな。でも俺も、千佳代に同情してる余裕はなかった。あのころは父も病気で、幼い息子が二人、仕事もある。ひとりじゃどうにもならなくなっていた。正直、女なら誰でもよかった。文句を言わずに働いてくれそうなら」

吐き出すように一気に言った森村さんは、おもむろに立ち上がった。開け放されたガラス戸の奥は台所だ。そこへ入っていき、冷蔵庫を開ける。缶ビールを取って、一気にのどへ流し込む。

「……俺は、行けない。息子に頼んでみる」

冷蔵庫の中に、スイカが見えた。それもひとつどころではなかった。冷蔵庫の中が緑の縞模様と赤い果肉でいっぱいになっている。

よほどスイカが好きなのだろうか。いや、あれはきっと千佳代さんのためのものだ。帰ってきたら食べさせてやろうと、この数日、森村さんが毎日のように買ってきたに違いない。もしかしたら、いつもスイカを買ってくるのは森村さんの役割だったかもしれない。いつものように買ってきても、食べる人がいないからたまっていく。二人で食べるはずのものを、ひとりきりで食べる気にはなれないから。

「犬をもらってきたのはご主人ですか？」

秀司が問うのを聞きながら、明里は、森村さんの本心が冷蔵庫に詰まっているかのように感じていた。このままだと、あまいスイカが冷蔵庫の中で傷んでいく。

「最初に犬を飼ったのは二十年くらい前だったか。たまたま、知り合いの家でもらい手を探していた。それに家内が、犬を飼いたいと言ったことがあったんだ」

「そのとき、アヤという名前をつけたのも、あなたなんですよね？」

秀司がそんなふうに考えたのは意外だった。明里は、千佳代さんが娘を想ってつけた名前だと思い込んでいた。けれど彼女の年代の女性なら、新しい婚家で、前の家で亡くした娘の思い出を引きずるのははばかられただろう。

「あのときはたまたま、向こうの家が、すでに子犬に名前をつけていた。わざわざ別の名前にしなくてもいいだろうと言ったら、あいつも頷いた。以来、犬を飼うたびにアヤと呼んでる」

もしかしたら、そういう名の犬だから譲ってもらったのかもしれない。などと思うほど、明里はしだいに、森村さんへの印象が変わりつつあった。

娘さんの名前を知っていた森村さんが、アヤという名の犬を千佳代さんのためにもらってきたのだ。家のためにひたすら働いてきた彼女への、感謝と慰めの気持ちがなかったとは思えない。

「すなおじゃない」

つぶやいた明里はやっぱりにらまれたが、何だかもう腹は立たなかった。

「あいつとは、ボタンを掛け違えたまま過ごしてきた。ボタンを全部はずして、最初からかけ直すことはもうできないんだから、このままでいるしかない」

過去に戻ることはできないから、人生のボタンはかけ直せない。でも、掛け違ったボタンさえ愛おしく思えるように、未来を変えることはできるのではないだろうか。少なくとも明里は、この町へ来てそう知った。

「時計、見せてくれませんか？」

秀司が言うと、森村さんはビールの缶を置いてついてくるよう促した。

廊下の突き当たりにあったドアを開けると、そこはかつての印刷所らしかった。シャッターが閉まっているため、小窓からの西日がかろうじて中を照らしている。森村さんが壁のスイッチを押すと灯りがつくが、裸電球の光は薄暗さを強調してしまう。

印刷機にはビニールシートがかぶせられていて、作業台は段ボール箱が積まれている。仕事を辞めてずいぶんになるのだろうけれど、染みついたインクの匂いが漂っている。

「これですか。立派なホールクロックですね」

秀司が歩み寄ったのは、部屋の中央にある柱だった。その前に、背の高い振り子時計が置いてある。つやつやした木目には鳥と花が彫刻されていて、遠目にも立派なものだ。そんな彫刻に抱かれるように、金色の振り子がおさまっている。白い文字盤も汚れなく、ここにある他の機械とは違い店をやめてからも手入れされていたことをうかがわせるが、針も振り子も動いていなかった。

「ああ。父がもらったものだが、俺にとってもこの仕事を誇れるものだった」

時計の横に、〝寄贈〟の文字が見える。森村さんのお父さんが、町から贈られたという時計はこれだったのだ。

時計に歩み寄り、木目を撫でた森村さんは、これまでになくやさしげな目をしていた。明里が知らなかっただけで、常に不機嫌そうな偏屈頑固老人という一面ばかりではないのだろう。

堂々と、仕事場のどこからでも目に留まるように置かれた時計は、森村さん夫婦を見守ってきた。時刻を報せる鐘の音は、印刷機がうるさく動く中でもはっきり耳に響いただろう。店をたたんでからも、家の中にいればどこでも時計が鳴らす鐘が聞こえていて、そんな毎日はいつまでも変わらないはずだった。

「時計が動かないのは、奥さんのせいだと言ってましたよね。ゼンマイを巻くのはいつも、奥さんだったんですね」

秀司の言葉に、森村さんは頷く。なるほど、古い機械式の振り子時計なのだから、ゼンマイを巻かなければ動かない。そうしていた役割の人がいなくなったから止まってしまった。

「急に鳴らなくなると、時間が止まってしまったかのようだ。家の中の時間も、俺自身の時間も、止まってしまった。いつ起きればいいのか、食事をすればいいのか、わからなくてな」

そんな森村さんに、秀司は黙って小さな縮緬の巾着袋を差し出した。彼はそれにじっと見入った。

「千佳代さんの、いちばん大切なものです。中身を確かめてください」

袋を受け取ったものの、身動きしない。知るのが怖いのか、まるで中身を透視しようとするかのように凝視している。秀司はひたすら待っている。

やっとのことで手を動かし、袋から取り出したものは、森村さんにとって想像もしていないものだったようだ。しかし彼は、一目でそれが何の鍵かわかったのだ。

「どうしてこれを……」

とつぶやく。

「時計の巻き鍵ですね」

「あ……ああ。このホール時計の。でも、なぜ。金にもならないし、単にあいつに押しつけた仕事じゃないか」

「巻き鍵、って？」

はじめて聞く言葉に首を傾げる明里に、秀司が耳打ちする。

「うん、ゼンマイを巻くための道具だよ」

時計の、ゼンマイを巻く？　驚いて、明里は森村さんの手の中を覗き込んだ。七宝のキーホルダーにつながったそれが、ゼンマイを巻くものだという。金属棒の先に鍵らしい突起がなく、まっすぐな筒状だというものの、全体の形は古びた鍵にしか見えない。

そもそも明里は、時計の巻き鍵など見たことがなかったのだ。

でも、時計の一部だから、秀司には一目瞭然だった。森村さんに父親が寄贈された時計の話を聞き、沙耶さんと一緒に落雷にあった女性が千佳代さんだとすると、巻き鍵を沙耶さんが持っているのも不思議ではないと考えた。

振り子時計を自分で使ったことがなければ、ゼンマイを巻く道具なんて知らない。沙耶さんも見たことがなかったから、鍵だと思い込んでいた。

スプーンにキーホルダーがついていたら？　秀司は明里に問うた。もしもスプーンというものを知らなくて、キーホルダーがついているのを見たとしたら、持ち手に装飾のついた細いティースプーンを鍵だと思っても不思議はないかもしれない。そういうことだったのだ。

「これが、家内の大事なものだと？」

白髪頭に指を埋める森村さんは、うろたえているようにも見えた。秀司は、なだめるようにゆっくりと頷いた。

「あなたが預けていたんですよね？」

「親父が生きていた頃から、時計を巻くのはあいつの役目だった。親父は大事な鍵を自分で保管して、その都度あいつに渡していたが、死んでからは、俺はもう面倒だからと預けっぱなしにしていた。それで何十年も、不自由はなかった。あいつは忘れずゼンマイを巻いた。……思えば、納期が迫って目が回るほど忙しい日も、子供が熱を出して医者へと駆け回った日も、あいつ自身が寝込んだ日も」

「そうですか。ホール時計がこの家の心臓なら、それをあずかった千佳代さんにとって、何より誇りに思えることだったでしょうね。彼女は、家に命を吹き込む役割を担ったんです。それは、確かにこの家の一員だというしるしでもあったんじゃないでしょうか」

秀司の言葉を聞きながら、森村さんは、しわにインクの染み込んだ手で、巻き鍵をぎゅっと握りしめた。

千佳代さんは、夫からあずかった時計の巻き鍵を、夫が連れてきたアヤという犬の首輪につけていた。彼女は、死んだ娘の存在ごと森村さんが受け入れてくれたことを理解していたのではないだろうか。そうして森村さんは、彼女に確かな居場所を与えた。その証《あかし》が時計の巻き鍵だったのだ。

もともと愛情があったわけでなくても、ただの働き手扱いをされても、信じてきた。少なくとも千佳代さんの家はここだと、それは森村さんも認めてくれていると思えたから、彼女は一生懸命に家業を手伝い、継子を育ててきたのだろう。

「俺は……、何もしてやっていない。これまで、ねぎらいの言葉ひとつさえ。思い出さない方が、あいつのためだろう？」

森村さんは、両手で顔を覆った。指の隙間から涙がにじんだ。

彼のやさしい一面を、千佳代さんはいちばん知っているはずだ。だから、帰りたいと思っているはず。

でも、秀司はもう何も言わなかったから、明里も黙っていた。

そのまま、二人で森村さんの家を出た。

「奥さんのこと、迎えに行くよ。きっとね」

外に出て、秀司はぽつりとそう言った。

津雲川に架かる橋を渡っていく。陽《ひ》が沈み、辺りは暗くなりつつある。橋の中ほどで秀司はふと立ち止まり、欄干に歩み寄って河原の方を眺めた。落雷があった河原に、その痕跡は見られない。前に沙耶さんが座り込んでいた場所はもう少し北側だが、彼女も自分がどこで倒れたのかはおぼえていないのだ。

千佳代さんと、アヤという犬もいた。落雷は、彼女たちから忘れたい記憶を奪ったのだろうか。それとも、彼女たちの過去は、自ら再生しようとして、さなぎの殻にこもっているだけなのだろうか。羽を広げた蝶のような鍵に、沙耶さんも千佳代さんも大切な思いを投影している。

どんなに複雑な感情を含んでいても、忘れたいと思ったとしても、自分の一部だから、今の自分につながる時間だから、ぼんやりとでも、何か重要なことだったと感じているのかもしれない。

「いろんな、〝やさしい〟があるのね。秀ちゃん、森村さんのやさしいところ、よくわかったね」

すぐ隣に立つ明里を見て、彼は微笑む。やわらかな風が二人を撫でていく。

「時計の気持ちを考えただけなんだ」

「時計の？」

「毎日、ゼンマイを巻いてもらわないと動けない時計は、そうして世話をしてくれた人を、好きになるんじゃないだろうか。その人のために、きちんと時を報せようとするんじゃないだろうか。そんな気がするから。時計以上に、森村さんは千佳代さんを頼ってきたはずだろう？　息子さんや、大切な時計を任せてきた人に、愛情がないはずないじゃないか」

「そっか。それに、時計も巻き鍵も、古いけどきれいだったね」

もし千佳代さんが、いやいやあの家にいたなら、時計を巻くことが押しつけられた仕事だったなら、巻き鍵にキーホルダーをつけたりしないだろうし、時計のガラスや彫刻も汚れていたって不思議はなかっただろう。あの印刷所にあって、ホール時計にはインクの汚れもなかった。

「いろんな〝やさしい〟か。いいなあ、それ」

秀司は笑う。明里の髪をやさしい手つきで撫でてくれる。陽の光が遠ざかっていく風景の中、ぽつんと橋に立つ二人の姿は、もう河原や堤防の道からも目につかなくなっているだろう。ほんのりと暗くなった空さえも、明里はやさしいと感じていた。

＊

たそがれ時の神社に、人影がふたつあった。男と女だ。紺のワンピースを着た女は、二十代くらいに見えたが、白いレース編み風の帽子はずいぶん古くさいデザインだし、ひっつめた髪も垢抜《あかぬ》けない印象だった。そうして、緊張しているのか、唇をまっすぐに結んでいる。くたびれたハンドバッグを持つ手には、不自然に力が入っている。

　男の方は、女より一回りは年上に見えた。白いシャツに地味なネクタイをしている。眉間に刻まれた縦皺《たてじわ》は、怒っているというよりはそういう顔なのかもしれない。カップル、だろうけれど、二人にはぎこちない空気が漂っていた。

　手水舎の湧き水でのどを潤していた明里の視界を二人は横切り、社の方へ歩いていく。夕方とはいえまだまだ蒸し暑い。手のひらで汗をぬぐう男に、見かねたように女はハンカチを差し出すが、そんなもの、とハンカチごと女の手を押しのける。女は淋しそうな目を伏せて、急いでハンカチをしまう。神社の森で、蜩《ひぐらし》が鳴いていた。

　ここが、氏神様のお社なんですね？

　そうだ
　ぶっきらぼうに男は答える。

　何て報告すればいいかしら

べつに、何とでも
社の向こう側から人が現れる。その人は、参拝に来た男を知っているのか会釈する。
こんにちは。お参りですか？　おや、そちらは？
問われた男の隣で、白い帽子の女は頭を下げる。男は知り合いに、曖昧な返事をする。
ええ、その、うちへ手伝いに
ああ、お手伝いさんですか
女の唇は、さらにきつく結ばれた。傷つくまいと、こらえているようだった。
お父上もご病気だそうで。大変ですね、森村さん
森村さん？　明里は目を凝らす。よく見ようとするほど奇妙に視界が霞《かす》んだ。
目をこする。陽に照らされた地面の熱気か、蜃気楼《しんきろう》のように風景がゆらめく。夕陽に包まれた神社に、変わらずふたつの人影がある。
しかしその人影は、若くはなかった。白髪頭の、横顔にも深くしわの刻まれた森村さんだ。その隣にいる少し猫背のおばあさんは、おそらく千佳代さんだろう。
通りすがりの人はもう見あたらない。何だったのだろう。二人がとても若く見えたのは、明里の錯覚だったのか。
「おまえがはじめて家へ来た日だった。ここを二人で歩いた。神社の前で手を合わせた」

森村さんの声が明里の耳に届いた。

社を見上げて、千佳代さんが目を細める。

「そのときあたしたち、何て報告をしたんでしょう」

「そりゃ、……嫁をもらったと言ったんだろう」

ずっと前、同じように連れだってここへ来たとき、彼はそんなふうに言えなくて、千佳代さんに悲しい思いをさせたのではないか。さっきの光景が目に浮かび、明里はそんなふうに思う。でも今は、あのときとは違う。

千佳代さんは、森村さんの言葉に頷き、おずおずと微笑んだ。

「あたし、あなたのお嫁さんになったんですね」

「ああ、もう三十五年も前だが。思い出せなくても、事実なんだ」

陽は傾き、周囲を赤く染めはじめているけれど、無風の神社は昼間の熱気をため込んでいる。明里のいる手水舎は日がな日陰だからか涼しいが、石畳の上は暑いだろう。じっとしていても森村さんの額を汗が伝う。千佳代さんはハンカチを差し出す。

森村さんは、一瞬戸惑った様子でハンカチをじっと見ていたが、思い直したのかひったくるようにして受け取った。おそらく、昔だったら受け取れなかったハンカチだ。

千佳代さんは、ほっとしたのか口元をゆるめた。

「悪かったな、結婚式もできなくて」

それも、森村さんにとって、あのときは思っていてもうまく言えなかった言葉なのだろう。

「親父《おやじ》が病気で、子供も小さくて、おまえには、祝いの席もないまま家へ入ってもらった」

「こうして、神社へ連れてきてくれたんでしょう？　結婚の報告に。それが結婚式だったんですよね」

森村さんは黙ったまま、かみしめるように頷いた。

蜩が鳴いている。二人の柏手が境内に響く。

しばしの静寂の後、千佳代さんが身じろぎした。

「不思議。思い出せないと、家族の元に戻れないような気がしてたけど、そんなことはなかったんですね。ちゃんと、帰ってきたって気がするもの」

「ああ、忘れたことなんてまたおぼえればいい。教えてやるから。知りたいことは全部」

「はじめて出会ったところから、おぼえ直せばいいのね？」

千佳代さんは、そっとバッグに手をやった。そこには、縮緬の巾着がぶら下がっている。

「そうだわ、犬を飼ってもいいですか？　あたし、飼ってたんですよね。……かわいそうなことになってしまったけど、あたしの身代わりになってくれたのなら、その子のためにもまた飼いたいんです」

「ああ、好きにしろ」

「名前、考えてくれます？」

「……そうだな」

巾着がゆれると、時計のキーホルダーと巻き鍵だろう中身が、チャリチャリと音を立てた。


「ボタンを掛け違えてきた時間を、あんなふうに忘れることで、かけ直すことができるなんてね」

明里の背後で、立ち止まった秀司がそんなことをつぶやいた。さっきから明里は、彼が砂利道をこちらへ近づいてくるのに気づいていたから、社の前の二人を眺めたまま言った。

「千佳代さんは、忘れてないと思う」

明里がゆっくり振り返ると、秀司は意外そうに首を傾げた。

「事故の直後はいろいろ思い出せなかったんだろうけど、今は、思い出したことも多いはずよ。たぶん、そんな気がする」

「じゃあ、わざと忘れたふりをしてるってこと？」

「やり直そうとしてるんじゃないかな。記憶が白紙に戻ったわけじゃないからこそ、同じ過ちを繰り返さないようやり直せる。だから森村さんも、昔を思い出しながらも若かった頃とは違う、率直な気持ちで接しようとしてる。そんなふうに見えるの」

今度こそ、ボタンを掛け違えたりしないように。

「なるほど、長年連れ添った二人の、暗黙の了解か。本人たちにその気さえあれば、いくらでも過去は変えられるってことなんだろうね」

まだ社の前にたたずんでいる二人から視線を外し、明里は秀司と歩き出す。鳥居をくぐり、石段を下りていく。蜩の鳴き声が遠ざかる。

長い時間を二人で歩くことは、それだけで、かけがえのない存在になっていくことなのだろうかと思いながら。

手と手が触れると、彼は明里の手を握る。森村さんたちのことを思えば、自分たちはまだ歩き始めたばかりだ。秀司のような人と長く過ごすのは、どういう感じなのだろうか。いつか、知ることができるだろうか。

恋をすると、ちょっとしたことで不安になった。会っているときは幸せだけれど、会えないときはつらくなる、そばにいなくても心がつながっているのかどうかわからなくて、落ち着けなかった。でも、秀司といると、明里はいつも淡いあまさに包まれている。綿飴《わたあめ》みたいにふんわりと、舌に触れたとたんはかなく溶けていくようなあまさ。会っているときもいないときも、そんな空気に包まれていて、満ち足りた気持ちになれる。

商店街の、虹色のアーチが見えてきていた。それも、明里を安心させてくれるものだ。ここは、何もかもがやさしい。

そんな通りを、ゆっくり歩いていく人が目に留まった。ふわふわのロングヘアに、キャンバス地のトートバッグを肩に掛けた人影が、サンダルのヒールを鳴らして歩いていく。

「あ、沙耶さんだ」

明里が手を上げると同時に、向こうも気づいて手を振った。こちらへ駆け寄ってきた沙耶さんは、思い悩んでいた先日とは違い、やけにすっきりした笑顔を見せた。

「こんにちは。ちょうどよかった、近くまで来たので飯田さんのところへ寄ろうと思ってたんです」

「何か思い出せました？」

「はい。鍵のことを……。あれが鍵じゃなかったなんて、わたし、自分の鍵が気になってたから、そう思い込んでたんですね」

「じゃあ、沙耶さんの鍵はどこに？」

明里の問いに、なぜか秀司が答えた。

「僕が持ってる」

「え？」

「前に飯田さんのお店で落としてしまって、後で落とし物だって連絡をもらったんでしたよね。飯田さんを訪ねる予定だったのは、それを取りに行くつもりだったんです」

「あー、なるほど」

「でもわたし、いったんは捨ててくれって言ったんです。でも翌日には、やっぱり取りに行くと言ったりして。そんなこともみんな、落雷で忘れてました」

捨ててくれとは穏やかでない。

「それで、あの鍵はどうしますか？　お返ししましょうか？」

「やっぱり、捨ててください」

沙耶さんは、きっぱりとしていてさわやかでさえあった。わかりました、と秀司は答えた。

「彼と、別れたばかりだったんです。もらってた合い鍵を捨てなきゃと思いながら迷ってしまって」

「もう、やり直せないんですか？」

お節介だと思いながらも、明里は訊いてしまう。

「彼、結婚してたんです。単身赴任で、知らずにわたし……。あの人は、悪かったと言いながら、わたしが別れたいなら別れるって。鍵も好きにしていいって言うんです」

それは、ずいぶんとずるいのではないだろうか。

「二度と会わないと決めました。それなのに、鍵がなくなったら会う口実もなくなるなんて考えてしまうんだから、おかしいですよね」

わかっていても、間違ってしまうことがあるから、過去を修復したいと思うのだ。

「鍵のことも彼のことも思い出したけど、今は冷静です。落雷でしばらく忘れてたせいか、ずっと昔の恋だったみたいに、あんなこともあったねって気持ちです」

傷ついていないはずはないけれど、沙耶さんは明るかった。

「あ、そうだ。飯田さんのお店を訪ねる予定だった、もうひとつの件です。こっちもちゃんと思い出しましたから」

そう言って、沙耶さんはトートバッグからクリアファイルをひとつ取りだした。

「明里さんに会って、イメージがわきましたから、気に入っていただけると思いますよ」

「え？　わたし？」

「え？　聞いてなかったんですか」

二人して秀司の方を見ると、彼は気恥ずかしそうに目をそらした。

ファイルには、沙耶さんがデザインしたブレスレットの画がちらりと見える。いや、ブレスレットではなくて、時計のベルトだ。

「ええと、明里ちゃんには時計をつくるって約束してただろ？　で、レディスウォッチの場合、ベルトのデザインは僕には限界があるし、やっぱり宝飾専門の人じゃないといいものにならないと思ったんだ」

それで、沙耶さんは何度か飯田時計店へ来ていたのだ。明里のために、秀司はドレスウォッチをつくろうとしてくれている。

理解するのに時間がかかった明里は、ゆっくりと瞬きをした。そんな彼女を見て、秀司は戸惑っていると思ったのか、急いで付け足す。

「でも、時計はまだ設計中だし、もっと違うタイプのがよければ注文をつけてくれれば……」

「ううん、うれしい。すっごく楽しみ」

力を込めてそう言ったとき、ほっとしたのか彼は肩の力をゆるめた。

「そっか……。よかった。出来上がってからなら自信持って見せられるけど、イメージだけだとうまく伝えられないというか、ドレスウォッチって好みじゃないかもしれないけど、どうしてもそういうのをつくりたくて」

くすくすと、沙耶さんが笑う。

「飯田さんって、何でもわかってるふうで、うろたえたりしそうにないのに」

「まさか、わからないことだらけですよ」

「そうですかあ？　じゃあ、わたしはこれで」

秀司を動揺させた沙耶さんは、やっぱりおかしそうにしながら、意地悪にもさっさと帰っていった。

明里は秀司とまた並んで歩き出す。商店街の通りを、飯田時計店とヘアーサロン由井の方へ。

「最初のお客さんを、驚かせたいし満足してもらいたいから、緊張するよ」

そうして、ぽつりとつぶやく。

「驚きたいから、デザイン画見ない方がいいね」

「見たでしょ」

「ちらっとだけだから」

「じゃ、そういうことにしよう」

「わたしね、秀ちゃんの熱意と技術の詰まった時計がほしいんだから。思う存分好きなように作ってくれていいの」

「うん。そう思ってたから、これがいいと意気込んでたけど、きみを知るほど、ふと考えてしまったりするんだ。そういえば、あんまりアクセサリーをつけてないけど、こういうの好きじゃないかもしれない、とかさ」

「あんまりつけないけど、つけたいって気持ちはあるんだ。ドレスウォッチ、わたしに似合うかな」

「似合うようにする」

もういちどつないだ手は、さっきより少し力が入っている。ありがと、と明里はつぶやく。うれしくてふわふわしている。

「どうも僕は、察するのが下手だから。機嫌が悪いとか、不満に思ってるとか、気づかなくて空回りするんだ」

そうして誰かを傷つけたり、傷つけられたりしたことを思い出して、彼はそう言うのだろう。

「わたしも、いろいろダメだったな。思ってること伝えるのは苦手な方だったし、それですれ違ってもあきらめたりしてた」

今も、苦手なことは簡単には直せないけれど。

「あきらめるのはやめよう。これまでとは違うはずだ。これからはさ」

これからは、これまでとは違うはずだ。そう言ってくれる人がそばにいるのだから。

「うん、そうだね」

どんな過去も、たとえ忘れることができたとしても、たどってきた道筋を消し去ることはできないから、突き刺さった鋭い棘《とげ》をせめて、淡い希望でまるくくるんで、それを自分の持ち物にして、前へ進んでいくしかない。いつかそれは、異物を包み込んでつやつやと輝く真珠になるだろうか。

森村さん夫妻がそうしたように。

飯田時計店が見えてくると、玄関先の石段で太一が手を振った。

「シュウ、どこ行ってたんだよ。スイカがあるっていうから来たのに」

「ああ、ちょっとポストへ」

「それにしては遅いじゃないか」

「いろんな人に会ったから。ね」

同意を求められて明里は頷く。

「もらったスイカ、まだ残ってるの？」

「食べていく？」

「うん、のど渇いたー」

三人で時計店へ入ると、太一はさっさと台所へ向かう。秀司はまず、店舗のカウンター奥へ入り、戸棚の引き出しを開けた。ステンレスの鍵を取り出す。それはあの、美しい巻き鍵とは似ていない、ありふれた形だったが、蝶のチャームがついていた。沙耶さんの、薄れていた記憶の中で、巻き鍵の形がこのチャームと重なったのかもしれない。

「それ、沙耶さんのよね？」

「捨てておかないとね」

「捨てる？　ならくれ」

ラップに包んだスイカを片手に、太一が耳ざとくこちらを覗き込んだ。

「人の家の鍵よ。どうするつもり？」

「コレクションにするだけだよ」

いいのだろうかと明里は思うが、秀司はあっさり太一に渡した。彼はチャームをはずすとためらいもなくゴミ箱に投げ入れ、鍵だけを大事そうに作務衣の懐に入れた。

「さ、スイカ食おう」

彼が動くとじゃらじゃらと金属音がする。首飾りというには奇妙な、鎖と様々なガラクタが音を立てる。耳のピアスも小さなバネや南京錠だ。

もしかしたらあれはみんな、誰かの思い出のかけらなのかな。そんなふうに思えてくる。集める太一自身には、どんな思い出があるのだろうか。

「ねえ、太一くんさ、前に神社で落雷に遭ったの？」

日比野さんの言葉を思い出し、明里は訊いた。太一はもうテーブルの前に座り、秀司がスイカを切り分けるのを待っている。何のことかという顔で明里を見る。

「あー、それ俺じゃない。神主の孫のいとこの婿の叔母の息子」

「え？　え？」

「でもなあ、雷は俺と間違えたのかも。俺のコレクションに興味があるみたいだからな」

　金属だから、と言いたいのだろうか。

　じゃあ、佐野さんのお祖父さんを知ってる？　と訊こうかと考え、ばかばかしいと思い直した。

　ようやく目の前に出されたスイカを、彼は待ってましたとばかりにかぶりつく。

「そういえば太一くん、犬はどうなったの？」

「犬？」

　と秀司が問う。内緒だったことはすっかり忘れていた。

「犬？」

　と太一まで首を傾げた。

「このあいだ、犬と話してたじゃない。何か探してるって犬で、飼い主が死んだとか」

「ああ、あれ、死んだのは飼い主じゃなくて犬だ」

「はあ？」

「あいつ、心残りがあってさまよってたんだなあ」

また始まった、というには、千佳代さんが連れていた犬のことが思い浮かび、明里はぞくりとした。いつも首輪に千佳代さんの巻き鍵をつけていた犬だ。それをなくしてしまったと思い、探しまわっていたのだろうか。

千佳代さんのために。

「太一、明里ちゃんをからかうなって」

秀司がたしなめたのは、明里が口を開けたまま固まったせいだろうか。

「なーんてな。シュウに言うなって言ったのに、明里さんが口をすべらすからさ」

「あ、ごめんっ、忘れてた」

「どっちみち、もういなくなったからいいけど」

いったい、太一の言うことは何が本当なのかさっぱりだ。けれど問いつめてもいいかげんな返事しか返ってこないのも、いつものことだ。

「そうだ、明里さんもシュウも、子犬もらってくれそうな人知らないか？」

「幽霊犬の次は子犬？　どうして太一がもらい手を探してるんだ？」

「神社に捨てる奴《やつ》がいるんだよ。小さくてかわいいぞ。首のところに蝶みたいなブチがあるんだ」

それは、いなくなったという犬のことではないのだろうか。明里はまたわけがわからなくなる。でも、あのとき見た犬の茶色いブチは、木の葉の影か何かだったかもしれない。

「捨て犬か。そうだなあ」

太一のからかいに惑わされまいと、明里は小さく頭を振る。

「ねえ秀ちゃん、森村さんはどうかな。さっき、千佳代さんがまた犬を飼いたいとか話してたよ」

「そうなんだ。じゃあ、一度訊いてみようか」

「頼むよ。決まれば一安心だ」

太一はそう言うと、二切れめのスイカに手をのばした。

子犬は、森村さんのところの新たな歯車になるだろうか。歯車はひとつでは意味がない。ふたつ、三つと嚙み合って、複雑な仕組みを動かす。

誰かと誰かが手を取り合うように、幾つもの歯車が嚙み合って、毎日が動いていくことを明里は想像する。

そんな中にひとつ、奇跡という歯車もあるのだとしたら。

いろんな人が複雑に繫《つな》がり合って、いろんな思いが重なり合って、ふと気まぐれに動く不思議な歯車。明里はそれに、太一を重ねるのだ。彼の、ガラクタか誰かの思い出の断片か、そんなものを集めたネックレスのせいかもしれない。

不思議な歯車に触れて、この町は、みんなをやさしくする。そうして、飯田時計店の奇妙なプレートにも意味がこもる。

〝おもいでの時　修理します〟

過ぎ去った時間さえも、修復されていく。

「やっぱりさ、寸借詐欺の方がいいかな」

スイカを食べながら、唐突に思い出したかのように秀司は言った。

「結婚詐欺は結局、結婚しないんだよね」

「詐欺？　何の話だよそれ」

「僕がだまされる話」

秀司はくすくす笑っているが、明里はまた、スイカに酔って赤くなった。

日が暮れた商店街に街灯がともるとき、飯田時計店の振り子時計が一斉に鳴った。森村さんのホール時計も、千佳代さんにゼンマイを巻かれて、また時を報せていることだろう。

解説

吉川トリコ

某女性アイドルが誕生日に高級ブランドの腕時計をしていたことで、インターネット上で様々な憶測を呼んだらしい。芸能ニュースでちらりと読んだだけだが、その中にあった「女が自分で時計なんか買うわけない」というコメントに、ちょっとどうかと思うほどメラメラきてしまった。

ふざけんな、女だって自分で時計ぐらい買うわ！　そんじゃなにか？　恋人のいない女は時計もせずにずるずるだらだら婚期を逃しとけってか？　うるさいよ!!

——と思ってから、そういえば私は自分で時計を買ったことがあっただろうかとふりかえってみたところ、高校生のころに使っていた腕時計は入学祝いに叔母に買ってもらったものだし、アメカジ古着にはまっていたころしていたGショックは実家のリサイクルショップからちょろまかしたものだ。方位磁石のついたアンティークっぽいデザインにひとめ惚れした時計は、誕生日プレゼントとしてなかば無理やり恋人に買わせた。ない。私は自分で時計を買ったことが一度もない。

そこで、「すんませんでした」と素直に謝れるぐらいなら、はなからこんなことで怒ってなどいない。おう上等だ、だったら買うよ買えばいいんだろ、自分の金で時計をよ、と私はむきになった。鼻息も荒く、すぐにでもデパートに飛び込んで時計を買ってしまいそうな勢いだった。

この本を読んだのは、そんな矢先のことだ。そうしたら、今度はほんとうにしんから時計が欲しくなった。それも勢いでえいやと買ってしまうようなものではなく、ゆっくり吟味して、一生添い遂げられるような特別な時計が。

本書は『思い出のとき修理します』の続編にあたるものだが、二冊目から読んでもなんら問題ない連作短編形式となっている。舞台は空洞化が進み、シャッター街と化してしまった地方の商店街にひっそりと建つ一軒の時計屋さん。おもてには「おもいでの時修理します」という風変わりな惹句の書かれたプレートが出ており、吸い寄せられるように修理したい過去を抱えた人たちが店に集まってくる。

その多くが、人生の黄昏《たそがれ》にさしかかった年配の男女というところが、なんだか身につまされる。「若き日を懐かしみつつもゆったりとした幸福に浸っている晩年」とは、舞台となる商店街を描写した一文であるのだが、おそらく彼ら彼女らもこんな心持ちで時計屋のドアをくぐっているのではないだろうか。

対照的なのが、「きみのために鐘は鳴る」に登場する明里の年の離れた妹——香奈である。まだ十代の彼女は、とらわれるほどの過去を持っておらず、「思い出なんて単なる過去の記憶だ。（中略）修理したいと思うくらいならいい思い出ではないはずだし、そんなものを大事にして何になるだろう」とばっさり切り捨てる。残酷なほど潔く。

老いというのは、切れ味をうしなって、どんどんなまくらになっていくことなのかもしれない。もう若くもなく、まだ老いにまでは達していない、中途半端な位置にいる私はそんなふうに思わずにいられなかった。香奈ほど若いころにはさして拘泥《こうでい》していなかった過去のことを私はこのごろよく思い出す。あのときああしていれば、こうしていれば、なんてしつこく考えていたりする。もうどうすることもできないとわかっているのに、若さという切れ味をなくしてしまった私は、過去を切り離せずに抱え込んでしまっている。

不幸だからではなく、幸福だからなんだと思う。いまが幸福だから、過去も幸福に塗り替えたい、という欲張りな思いから私はそうしている。過去に残してきた人たちを幸せにしてやりたいという傲慢《ごうまん》な気持ちでそうしている。あるいは、未来をもっとよくするために。どちらにせよ欲張りなことには変わりないのだけれど。

本書に登場する「お客さん」たちもみな欲張りだ。だれもが過去にとらわれているように見えて、視線ははっきり未来に向いている。未来に進むために過去を修復したいと考えている。だから結末はほのあかるく、希望に満ちたものになっている。

どの短編も押しつけがましくないやさしさに貫かれていて気持ちよく読んだが、中でも「きみのために鐘は鳴る」は明里と香奈の境遇が自分と妹のそれに近すぎて思わずのめりこんでしまった。

とくに、

「思い出は、わたしの中にだけあるものじゃないんですね」

という台詞《せりふ》を読んだときには、ちょっと泣きそうになった。

明里と同じように、私の中でも妹は小さな女の子のまま止まっているのだけれど、彼女の内にも同じ時間が降り積もり、いくつもの思い出が形を成しているのかと思うとそれだけで胸が熱くなる。

思い出は一人ではつくれない。自分以外のだれかがいなければ――もっと言ってしまうと、愛でも憎しみでも相手を思う気持ちが存在しなければ「単なる過去の記憶」は思い出になりようもない。明里と香奈の関係が新しいステージに進んだ瞬間、香奈の中で「単なる過去の記憶」だったものが切り離すことのできない大切な思い出に変わる。これほど感動的なことがあるだろうか（ねえちゃん的にはここが最大の泣きツボ！）。

このシリーズは、思い出にまつわる物語であると同時にものにまつわる物語でもある。

一度しか会ったことのない姉の形見の時計、若き日の挫折のしるしである時計の化石、ホール時計の巻き鍵、等々……当然時計にまつわるものが多いが、それ以外にも茜色のワンピースやぬいぐるみ、オルゴールなど、持ち主の思い出の詰まった大切なものが毎話登場する。それらはなんらかの事情でいったん持ち主の手を離れることはあっても、最後には持ち主のもとに戻っていく。そうしておそらく、それぞれの思い出とともに生涯彼らの手を離れることはないだろう。

唯一の例外は「未来を開く鍵」に登場する沙耶の鍵だ。別れた恋人の部屋の鍵。それだって大切な思い出の品には変わりないけれど、前に進むためには捨ててしまったほうがいいものもある。物語の終盤で沙耶は鍵を手離すが、目ざとく見つけた太一がコレクションに加えると言って持ち帰ってしまう。

太一はいったい何者なのだろうか——なんてことをここに書くほど野暮ではないつもりだが、このシーンでは『千と千尋の神隠し』のオクサレ様を想起せずにはいられなかった。大量のゴミを吐き出して天に昇っていった、名のある川の主だったといわれる龍。もしかしたら太一は、時間という川を流れる龍の化身で、人間が捨ててきた思い出のかけらを飲み込んでいるのかもしれない……なんて。もう一つ、捨てがたいのは著者の代表作である『伯爵と妖精』シリーズに登場するニコの兄弟だというセン。口は悪いけど、すごくやさしいところなんかそっくりだと思うんだけど……。

所有するということについて、読みながらずっと考えていた。たとえば現在所有しているもので、この先もずっと所有しつづけていくものが、自分にはどれだけあるだろうか？　というようなことを。

元来ものに執着するたちではないし、本書に登場するような思い出の品と呼べるものを私はひとつも持っていない。ぱっと浮かんだのは何冊かの本だ。子どものころから何度も読み返してきた大切な本の数々。だけれど近い将来、電子書籍が主流になったり、新装版が出たりして買い換えないとも限らない。つい先日、清水買いしたバッグならあるいは……と思ったけれど、私ときたらほんとうにコロコロ趣味が変わるのでいつまでいっしょにいられるかわからない。

そうなると、あとに残るのは、人しかなくなってくる。家族、友人、恋人。だけど彼らだって、これまで私の前から去っていった人たちと同様にいついなくなってしまうかわからないし、考えるのもいやなことだけれどいつかは死んでしまうのだ。

だけど、思い出ならずっと持っていられる。もう会えなくなってしまった相手でも、思い出だけは持ち越せる。

そのことに気づいたとき、思わず私は叫び声をあげそうになった。大げさかもしれないけれど、また一つ、新たな世界の仕組みに触れたような気がした。年を取るごとに物理的にも心情的にも会えない人が増えていくのだから、切り離せない思い出が増えるのは無理からぬことなのだ、と。

うちの近所にはこんなすてきな時計屋さんなんてないけれど、本書を読むことでどうやら自動的に私の思い出も修復されてしまったようだ。荷物ばかりが増え、どんどん切れ味をなくしていく己のなまくら刀がいまはとてもいとおしい。

本書に登場する時計は、ものであってものでないみたいだと思う。長年連れ添った相棒のように、寝ても覚めても頭を占拠するいとしい人のように、最初は人見知りしていたけれどだんだん懐いてくれたペットのように、まるで生きているもののように語られる。

「そっくり同じ時計が世の中にいくつあっても、自分に馴染《なじ》んだ時計はもう唯一無二のもの。（中略）小さな癖のようなものが、その時計にしかない個性に思えて情がわきます。たとえ壊れてしまっても、簡単には捨てられません」

こんなの読んでしまったら、脊髄《せきずい》反射的に思わずにいられないじゃないか。私もそんな時計が欲しい！　と。

できれば、秀司が明里につくっているような、私のためだけに誂《あつら》えられたようなドレスウォッチがいい。飽きがこなくてシンプルでエレガントなもの。あんまり高価なのは

無理だけれど、もちろん自分で買うつもりだ。今度こそ添い遂げると誓いを立てて。

ところで、明里は自分で買うつもりでいるみたいだけれど、時計のお支払いはどうなるんだろう？　太一が何者であるかも気になるところだが、私はそこのところがなにより気にかかっている。

（よしかわ・とりこ　作家）

この作品は、集英社文庫のために書き下ろされました。

集英社文庫の好評既刊

思い出のとき修理します

谷　瑞恵

恋と仕事に疲れ、幼い頃に過ごした街に引っ越した明里は、さびれた商店街の片隅で不思議な時計屋さんと出会う。もし、過去が修理できるとしたら……？　切なく優しい短編連作集。

集英社文庫　目録（日本文学）

太宰治　走れメロス
太宰治　斜陽
多田富雄・柳澤桂子　露の身ながら　往復書簡 いのちへの対話
多田富雄　寡黙なる巨人
多田容子　柳生平定記
多田容子　諸刃の燕
伊達一行　妖言集
田中慎弥　共喰い
田中啓文　異《い》形《ぎょう》家の食卓
田中啓文　ハナシがちがう！　笑酔亭梅寿謎解噺
田中啓文　ハナシにならん！　笑酔亭梅寿謎解噺2
田中啓文　ハナシがはずむ！　笑酔亭梅寿謎解噺3
田中啓文　ハナシがうごく！　笑酔亭梅寿謎解噺4
田中啓文　茶坊主漫遊記
田中啓文　鍋奉行犯科帳
田中啓文　鍋奉行犯科帳　道頓堀の大ダコ

田辺聖子　オムライスはお好き？
田辺聖子　花衣ぬぐやまつわる…(上)(下)
田辺聖子・工藤直子　古典の森へ　田辺聖子の誘う
田辺聖子　夢渦巻
田辺聖子　鏡をみてはいけません
田辺聖子　楽老抄　ゆめのしずく
田辺聖子　セピア色の映画館
田辺聖子　姥ざかり花の旅笠　小田宅子の「東路日記」
田辺聖子　夢の櫂こぎ　どんぶらこ
田辺聖子　愛を謳《うた》う
田辺聖子　あめんぼに夕立　楽老抄Ⅱ
田辺聖子　愛してよろしいですか？
田辺聖子　九時まで待って
田辺聖子　風をください
田辺聖子　ベッドの思惑
田辺聖子　春のめざめは紫の巻　新・私本源氏

田辺聖子　恋のからたち垣の巻　異本源氏物語
田辺聖子　ふわふわ玉人生　楽老抄Ⅲ
田辺聖子　恋にあっぷあっぷ
田辺聖子　返事はあした
田辺聖子　お気に入りの孤独
田辺聖子　お目にかかれて満足です(上)(下)
田辺聖子　そのときはそのとき　楽老抄Ⅳ
谷甲州　白き嶺の男
谷甲州　背筋が冷たくなる話
谷瑞恵　思い出のとき修理します
谷瑞恵　思い出のとき修理します2　明日を動かす歯車
谷川俊太郎　わらべうた
谷川俊太郎　これが私の優しさです　谷川俊太郎詩集
谷川俊太郎　ONCE　―ワンス―
谷川俊太郎　谷川俊太郎詩選集　1
谷川俊太郎　谷川俊太郎詩選集　2

集英社文庫　目録（日本文学）

集英社文庫　目録（日本文学）

辻仁成　ガラスの天井
辻仁成　オープンハウス
辻仁成　ニュートンの林檎(上)(下)
辻仁成　ワイルドフラワー
辻仁成　千年旅人
辻仁成　嫉妬の香り
辻仁成　二十八光年の希望
辻仁成　99才まで生きたあかんぼう
辻仁成　右岸(上)(下)
辻原登　許されざる者(上)(下)
辻原登　東京大学で世界文学を学ぶ
都筑道夫　怪奇小説という題名の怪奇小説
堤堯　昭和の三傑　憲法九条は「救国のトリック」だった
津原泰水　蘆屋家の崩壊
津原泰水　少年トレチア
津本陽　北の狼

津本陽　月とよしきり
津本陽　龍馬一　青雲篇
津本陽　龍馬二　脱藩篇
津本陽　龍馬三　海軍篇
津本陽　龍馬四　薩長篇
津本陽　龍馬五　流星篇
津本陽　幕末維新傑作選　最後の武士道
津本陽　巨眼の男　西郷隆盛1～4
津本陽　深《じん》重《じゅう》の海
手塚治虫　手塚治虫の旧約聖書物語①　天地創造
手塚治虫　手塚治虫の旧約聖書物語②　十戒
手塚治虫　手塚治虫の旧約聖書物語③　イエスの誕生
寺山修司　海に霧　寺山修司短歌俳句集
天童荒太　あふれた愛
戸井十月　チェ・ゲバラの遥かな旅
戸井十月　ゲバラ最期の時

東郷隆　鎌倉ふしぎ話
東郷隆　おれは清海入道　集結！真田十勇士
藤堂志津子　かそけき音の
藤堂志津子　銀の朝、金の午後
藤堂志津子　昔の恋人
藤堂志津子　秋の猫
藤堂志津子　夜のかけら
藤堂志津子　アカシア香る
藤堂志津子　桜ハウス
藤堂志津子　われら冷たき闇に
藤堂志津子　夫の火遊び
藤堂志津子　ほろにがいカラダ　桜ハウス
藤堂志津子　きままな娘　わがままな母
堂場瞬一　8年
堂場瞬一　マスク
堂場瞬一　少年の輝く海

集英社文庫　目録（日本文学）

堂場瞬一　いつか白球は海へ
堂場瞬一　検証捜査
童門冬二　全一冊 小説 上杉鷹山
童門冬二　全一冊 小説 直江兼続《なおえかねつぐ》 北の王国
童門冬二　全一冊 小説 蒲生氏郷《がもううじさと》
童門冬二　全一冊 小説 平将門
童門冬二　全一冊 小説 新撰組
童門冬二　全一冊 小説 伊藤博文 幕末青春児
童門冬二　異聞 おくのほそ道
童門冬二　全一冊 銭屋五兵衛と冒険者たち
童門冬二　小説 小栗上野介 日本の近代化を仕掛けた男
童門冬二　全一冊 小説 立花宗茂
童門冬二　全一冊 小説 吉田松陰
童門冬二　上杉鷹山の師 細井平洲
童門冬二　巨勢入道河童 平清盛
童門冬二　小説 田中久重 明治維新を動かした天才技術者
常盤雅幸　真ッ赤な東京
徳大寺有恒　ぶ男に生まれて
十倉和美　犬とあなたの物語 犬の名前
豊島ミホ　夜の朝顔
豊島ミホ　東京・地震・たんぽぽ
戸田奈津子　男と女のスリリング 映画で覚える恋愛英会話
戸田奈津子　スターと私の映会話！
戸田奈津子　字幕の花園
伴野朗　三国志 孔明死せず
伴野朗　上海伝説
伴野朗　呉・三国志 長江燃ゆ一 孫堅の巻
伴野朗　呉・三国志 長江燃ゆ二 孫策の巻
伴野朗　呉・三国志 長江燃ゆ三 孫権の巻
伴野朗　呉・三国志 長江燃ゆ四 赤壁の巻
伴野朗　呉・三国志 長江燃ゆ五 荊州の巻
伴野朗　呉・三国志 長江燃ゆ六 巨星の巻
伴野朗　呉・三国志 長江燃ゆ七 夷陵の巻
伴野朗　呉・三国志 長江燃ゆ八 北伐の巻
伴野朗　呉・三国志 長江燃ゆ九 秋風の巻
伴野朗　呉・三国志 長江燃ゆ十 興亡の巻
永井するみ　ランチタイム・ブルー
永井するみ　欲しい
長尾徳子　僕達急行 A列車で行こう
中上健次　軽蔑
中上紀　彼女のプレンカ
中沢けい　豊海《とよみ》と育海《いくみ》の物語
中島敦　山月記・李陵
中島京子　ココ・マッカリーナの机
中島京子　さようなら、コタツ
中島京子　ツアー1989
中島京子　桐畑家の縁談
中島京子　平成大家族

集英社文庫

思《おも》い出《で》のとき修理《しゅうり》します2 明日《あした》を動《うご》かす歯車《はぐるま》

2013年9月25日 第1刷 定価はカバーに表示してあります。

著者 谷《たに》 瑞恵《みずえ》

発行者 加藤 潤

発行所 株式会社 集英社

東京都千代田区一ツ橋2-5-10 〒101-8050

電話 03-3230-6095（編集部）

03-3230-6393（販売部）

03-3230-6080（読者係）

印刷 株式会社 廣済堂

製本 株式会社 廣済堂

フォーマットデザイン アリヤマデザインストア マークデザイン 居山浩二

ISBN978-4-08-745113-9 C0193